書下ろし

はみだし御《お》庭《にわ》番《ばん》無頼旅

鳥羽 亮

祥伝社文庫

目次

第一章　三人の御庭番

1

はらはら、と庭の紅葉《もみじ》が秋の微風《そよかぜ》に流れていく。

神田小柳町《かんだこやなぎちょう》、古着屋、鶴沢屋《つるさわや》の裏手にある庭だった。庭といっても、わずかな土地に紅葉と梅が植えてあるだけである。久しく手入れをしていないため、庭の隅《すみ》には雑草が生《お》い茂っていた。

その紅葉の脇で、エイッ！　エイッ！　と鋭い気合がひびいていた。鶴沢屋のあるじ、向井泉十郎《むかいせんじゅうろう》が真剣を振っていたのだ。泉十郎は小袖を尻《しり》っ端折《ぱしょ》りし、両脛《りょうずね》をあらわにしていた。顔が紅潮し、額に汗が浮いている。

古着屋のあるじが、真剣を遣《つか》って素振りをしているのには理由があった。泉十郎は武士である。しかも、幕臣だった。役柄は御庭番である。泉十郎は、御庭番のなかでも表には出られない特殊な任務にあたっていた。

このころ（天保《てんぽう》年間）、将軍は十一代家斉《いえなり》だった。

御庭番は八代将軍吉宗《よしむね》によって、配置された。吉宗が将軍家を相続するにあたって、紀州《きしゅう》家から連れてきた薬込役《くすりごめ》十七家の者たちが御庭番に就《つ》いたのだ。薬込役は本来、君主の御手銃《おてづつ》に玉薬《たまぐすり》を装塡《そうてん》する役だが、その実隠密《おんみつ》御用にあたっていた。そのため、薬込役の家筋は甲賀《こうが》の忍びの者が多かった。

吉宗にしたがって江戸に来た薬込役の者たちは、御庭番として表向き要人の警護や御使い、御代参の御供などにあたっていたが、隠密としても活動していた。御府内だけでなく、遠国へ密行して藩士の動向、領内の騒擾《そうじよう》などを探ることもあった。

ただ、そうした御庭番と、泉十郎は一線を画していた。幕臣にも知れないように城下に身をひそめ、遠国への密行を中心に隠密活動だけにあたっていたのだ。任務についていないときは身分を隠し、町人として市井《しせい》で暮らしていた。

そのため、他の御庭番たちから、「はみだし者」とか「はみだし庭番」などと陰口をたたかれていた。そのせいか性格も少々はみだし気味の者ばかりだ。

泉十郎は古着屋のあるじとして暮らしていたが、剣の遣い手で忍びの心得もあった。そのため、長く隠密御用の任につかないときなどは暇を持て余し、ひそかに店の裏で真剣を振ったりすることがあったのだ。

……これまでにするか。

泉十郎は刀を下ろした。

一刻（二時間）ほど素振りをつづけたろうか。顔に浮いた汗が、流れるほどになっていた。泉十郎は懐《ふところ》から手ぬぐいを取り出し、顔や首筋の汗をぬぐった。

泉十郎は、五十がらみだった。初老といっていい年頃だが、まったく老いは感じさせない。中背で胸が厚く、肩幅がひろかった。どっしりと腰が据わっている。剣の修行で鍛《きた》えた体である。

泉十郎は心形刀流《しんぎようとうりゆう》の遣い手だった。神田松永町《まつながちよう》にあった伊庭軍兵衛《いばぐんべえ》の心形刀流の道場で、少年のころから修行したのである。

ただ、泉十郎の顔には、剣客《けんかく》らしい厳《いか》つさはなかった。丸顔で目が細く、額に横皺《よこじわ》が寄っていた。人が好《よ》く、温厚そうな顔である。

そのとき、庭に出入りする背戸があき、平吉《へいきち》が顔を出した。平吉は、泉十郎が使っている奉公人である。奉公人といっても、ひとりしかいない。平吉は店の手伝いだけでなく、下男もかねていた。

平吉は還暦を過ぎた老齢だった。小柄で腰がすこしまがっている。面長《おもなが》で目が細く、浅黒い顔をしていた。狐《きつね》のような顔付きである。

「旦那、植女《うえめ》の旦那が来てやすぜ！」

平吉が、泉十郎を見るなり大きな声で言った。老いて耳が遠くなったせいか、いつも声が大きい。

「どこにいる」

植女も、泉十郎と同じ御庭番だった。はみだし庭番のひとりである。

「店でさァ」

泉十郎が店に行くと、戸口に牢人ふうの男が立っていた。

植女京之助《きょうのすけ》である。二十代半《なか》ば、痩身《そうしん》で面長、切れ長の目をしている。白皙《はくせき》で端整な顔立ちだが、憂《うれ》いをふくんだ翳《かげ》がある。年少のころ父母を亡くし、叔父《おじ》の家で育てられたせいかもしれない。

植女は牢人体だった。総髪を無造作に後《うし》ろで束《たば》ねていた。小袖に袴《はかま》姿で、大刀を一本だけ差している。

「植女、どうした」

「武士が、斬り合っている」

植女が抑揚《よくよう》のない声で言った。顔も無表情である。

「斬り合いだと」

「そうだ。武士が三人でな」

「場所はどこだ」

泉十郎は、武士が三人というのが気になった。喧嘩《けんか》や辻斬りの類《たぐ》いではないようだ。

「和泉橋《いずみばし》の近くだ」

和泉橋は神田川にかかる橋である。

「柳原通《やなぎわら》りか」

柳原通りは、浅草《あさくさ》御門から筋違《すじかい》御門まで内神田の神田川沿いにつづいていた。八代将軍吉宗が、神田川の堤に柳を植えさせたことから、柳原通りと呼ばれるようになったといわれている。

鶴沢屋から和泉橋は近かった。小柳町の通りを北にむかえば、すぐに柳原通りに出られる。柳原通りに出れば、東方に神田川にかかる和泉橋が見えるのだ。

「先に行くぞ」

そう言って、植女は踵を返した。

「平吉、店番を頼む」

泉十郎は、傍《かたわ》らに立っている平吉に声をかけた。

泉十郎は、植女といっしょに古着の売り場から通りに出た。売り場といっても土間の天井《てんじょう》近くに竹を何本も渡し、それに古着がつるしてあるだけである。

四ツ（午前十時）ごろだった。表通りには、ぽつぽつと人影があった。ぼてふり、風呂敷包みを背負《せお》った行商人らしい男、町娘などが、秋の陽射しのなかを行き交《か》っている。

泉十郎は店の前の通りから柳原通りに出ると、両国《りようごく》の方面に足をむけた。前方に、和泉橋が見えてきた。

柳原通りは賑《にぎ》わっていた。様々な身分の老若男女が行き交っていたが、この時間になると町人の姿が目立った。通り沿いには古着を売る床店が並び、客がたかっていた。柳原通りは、古着を売る床店が多いことで知られていた。この通りに古着を買いにきた客が流れて、泉十郎の店に立ち寄ることもあったのだ。

橋のたもと近く、通りからすこし入った土手近くの叢《くさむら》に、ひとだかりができていた。

「あそこらしいな」

泉十郎が言った。ただ、斬り合っている様子はない。

「斬り合いは、終わったようだ」

集まっているのは町人が多いようだったが、武士の姿もかなりあった。町人たちは通りすがりの野次馬らしい。

人垣のなかほどに、五人の武士が立っていた。いずれも羽織《はおり》袴姿で二刀を帯《お》びていた。御家人か江戸勤番の藩士といった恰好《かっこう》である。

泉十郎は人垣を分けるようにして、集まっている武士たちのそばに出た。

叢のなかに立っている武士たちの足元に、武士がひとり仰臥《ぎょうが》していた。苦しげに顔をゆがめたまま死んでいた。肩から胸にかけて小袖が裂け、赭黒《あかぐろ》くひらいた傷口から、截断《せつだん》された鎖骨が白く覗《のぞ》いている。

武士の体に、他の傷はなかった。

……袈裟《けさ》に一太刀か！

武士を斬殺した者は、剛剣の主らしい、と泉十郎はみた。肩から胸の辺《あた》りまで、斬り下げている。

武士は右手に大刀を持っていた。ここで、何者かと斬り合い、斬殺されたのだろう。この場に集まっている武士たちは、斬られた武士の仲間であろうか。いずれも、怒りと悲痛の入り交じったような顔をして死体に目をやっている。

泉十郎は、立っている五人の武士に目をやった。顔見知りはいなかった。幕臣ではなく、大名家の家臣かもしれない。

植女は五人の武士の背後にまわり、話を聞いているふうだったが、いっときしてもどってきた。

「斬られたのは、陸奥《むつ》の石崎藩《いしざきはん》の家臣らしい」

植女がくぐもった声で言った。

「石崎藩……」

泉十郎は、石崎藩を知っていた。ただ、石崎藩と何かかかわりがあったわけではない。知っていたのは、石崎藩は七万八千石の外様《とざま》大名で、藩主が藤堂伊勢守《とうどういせのかみ》貞道《さだみち》であることぐらいだった。

「集まっているのは、石崎藩士か」

泉十郎が訊《き》いた。

「そのようだ」

植女がくぐもった声で答えた。

2

泉十郎は、古着屋の奥の小座敷に座っていた。小袖に角帯、袖無し羽織姿である。どこから見ても、古着屋の親爺《おやじ》に見える。

男がひとり、店に入ってきた。手ぬぐいで頬《ほ》っかむりしていて、顔が見えない。古着を見ながら、奥へ入ってくる。

「いらっしゃい」

泉十郎は、立ち上がって店に出ようとした。

「旦那、兵助《ひょうすけ》で」

男が小声で言った。

「兵助か」

兵助は、小座敷の框《かまち》近くに来て腰を下ろした。

兵助は疾風《はやて》の兵助と呼ばれ、泉十郎たち御庭番と幕府の繫《つな》ぎ役をしている。身分は武士だが、町人のような風体で暮らしていた。泉十郎たちといっしょに遠国御用の任について、江戸を離れることもある。

兵助は健脚、駿足で、敏捷《びんしょう》な動きをする。それで、疾風の兵助と呼ばれているのだ。

「土佐守《とさのかみ》さまが、お呼びで」

兵助が言った。

土佐守さまとは、御側御用取次の相馬《そうま》土佐守勝利《かつとし》のことである。御庭番は将軍直属の隠密だが、御側御用取次が御庭番を出頭させたり、将軍の意を受けて復命させることが多かった。将軍が直接御庭番を呼ぶことはほとんどない。御庭番は、まず御側御用取次に呼び出されるのである。

御側御用取次は、幕政の中枢《ちゆうすう》にいる重職であった。御側御用取次は、八人いる御側衆のなかから三人が選ばれる。

泉十郎や植女は、他の御庭番と同様に将軍直属だが、滅多《めつた》に将軍に呼び出されることはなかった。泉十郎たちに任務を命ずるのは、御側御用取次の相馬である。それに、泉十郎たちは、他の御庭番とちがって遠国御用だけを命じられた。

相馬が家斉の許しを得て、幕臣や旗本の家士などのなかから大名の領内に潜入して、隠密裡《り》に探索にあたる能力のある者だけを集めたのだ。それが、泉十郎たち、はみだし庭番などと陰口をたたかれる者たちである。

御庭番には、それぞれ屋敷があり家族もいた。通常は、隠密以外の任務にもついている。そのため、長く江戸を離れると、幕府の要職にある者に知れることがあり、遠国御用が果《は》たせなくなることがあった。

それに、相馬の胸の内には、自分なりに諸国の大名の動きを把握《はあく》しておきたいという思いがあった。そのため、相馬の一存で、泉十郎たちに直接命じて諸藩の内情を探らせたり、天下の平穏を守るために大名のお家騒動や領内の騒擾《そうじよう》のおりに派遣することもあった。

ただ、わずか三人だけだった。泉十郎と植女、それに変化《へんげ》のおゆらという女である。兵助は繋ぎ役なので、隠密活動にはくわわらなかった。もっとも、任務は遠国御用だけなので、それほど人数はいらなかったのである。

「いつ、お屋敷にうかがえばいいのだ」

泉十郎が兵助に訊いた。

「明日の亥《い》ノ刻（午後十時）、お屋敷のいつもの場所で」

「心得た」

「では、これにて」

そう言い置き、兵助は踵《きびす》を返した。

その夜、泉十郎は神田小川町《おがわまち》にむかった。相馬の屋敷は、小川町の一《ひと》ツ橋《ばし》通りにあった。泉十郎は、闇に溶《と》ける茶の筒袖に同色の裁着《たつつけ》袴姿だった。脇差だけを帯びていた。武士というより、忍者のような扮装《いでたち》である。

相馬家は、八千石の大身だった。通りに面した表門は、門番所付の豪壮な長屋門である。乳鋲《ちびょう》の付いた堅牢な門扉は、固くとざされていた。

泉十郎は脇の通りから裏門にむかった。裏門の両脇も若党や足軽の住む長屋がつづいているが、門の脇のくぐりはあいていた。泉十郎のために、くぐりから入れるようにあけてあったのだ。

屋敷内は深い夜陰につつまれていたが、わずかに灯《ひ》の色もあった。奥の座敷や廊下に灯《とも》の点っているところがあるらしい。

屋敷の表にも、灯の色があった。まだ、相馬は表屋敷の座敷にいるはずである。八千石ほどの大身になると、奥と表の区別は厳重で、家臣や女中も勝手に奥に出入りすることはできない。

泉十郎は家士たちの住む長屋の脇を通り、表屋敷の中庭に入った。その中庭に面した座敷の障子《しょうじ》に灯の色があった。ぼんやりと、人影が映っている。そこは書院で、相馬が泉十郎たちと会うときに使われている。

泉十郎は、書院と中庭を隔《へだ》てる濡《ぬ》れ縁《えん》の前に片膝を突き、

「土佐守さま、向井泉十郎にございます」

と、声をかけた。

すぐに、障子の向こうで、「向井か」という声がし、立ち上がる気配がした。

障子があいて、相馬が姿をあらわした。五十がらみで、痩身だった。面長で鼻梁《びりょう》が高く、能吏《のうり》らしい顔付きをしているが、いまは背後から燭台《しょくだい》の火を受けているので顔は闇に閉ざされていた。泉十郎にむけられた双眸《そうぼう》だけが、青白く底びかりしている。

「夜分、ご苦労だな。……また、その方たちに頼みがあってな」

小声だが、妙に高いひびきがあった。相馬のいつもの声である。

「何なりと、おおせつけくだされ」

「陸奥国の石崎藩を知っておるか」

「はい」

泉十郎の脳裏《のうり》に、柳原通りで殺されていた石崎藩士のことがよぎった。

「過日、石崎藩の江戸家老、内藤次左衛門《ないとうすけざえもん》どのからな、内々に話があったのだ」

「……」

泉十郎は無言で縁先に目をむけている。

「内藤どのとは、わしが側衆だったときから付き合いがあってな。それで、わしに頼みに来たのだ」

相馬は、さらに話をつづけた。

石崎藩では、まだ表沙汰《おもてざた》にはなっていないが家中に騒動があり、藩士たちがふたつに割れて対立しているという。

「くわしいことは分からないが、内藤どのによると、近年の天候による米の不作や領内を流れる川の氾濫《はんらん》などにくわえ、これまでの多額の借財がからんで藩の財政が逼迫《ひっぱく》しているらしい。そこで、藩では財政を立て直すために、様々な手をうっているようだが、そのようなおりにな、藩に入るはずの金を着服している者がいるようなのだ」

そこまで話して、相馬は一息ついてから話をつづけた。

「その着服している者に与《くみ》する重臣もいてな、国許《くにもと》で対立しているようなのだ。その騒動が江戸の藩士たちの間にもひろがり、過日は市中で藩士同士の斬り合いがあったらしい」

泉十郎は、柳原通りであった斬り合いだ、と気付いたが口にしなかった。

「それでな。内藤どのは、騒ぎが大きくなって幕府に藩の失政を咎《とが》められる前に、藩の内情をわしに話したらしい。そのさい、藩内の騒動が大きくなる前にかならず収めるので、しばらくの間、目をつぶっていてほしい、と内藤どのに頼まれたのだ」

「……」

泉十郎は無言で相馬の話を聞いている。

「幕府としても、石崎藩の騒動が大きくなることを望んでおらぬ。……そこで、向井たちは、まず石崎藩の内情を探ってくれ」

向井たちとは、泉十郎、植女、おゆらのことである。

「探るだけでよろしいのでしょうか」

泉十郎が訊いた。

「幕府としては、騒動が収まればそれでいいのだが、内藤どのの謂《いい》にまちがいなければ、大目付の瀬山《せやま》どのたちに味方してくれ。それに、一時的に騒動は収まっても、藩の財政が立ち直らねば、すぐにまた騒動が起こる。内藤どのに向井たちのことは知らせてあるので、話を聞いてみるといい。……内藤どのと会うのは、むずかしいだろうが、側近である瀬山どのから話が聞けるはずだ」

「心得ました」

「それからな、石崎藩の国許にむかうようなことになったら、兵助に話してくれ。わしからも、渡さねばならぬものがあるからな」

相馬の物言いが、やわらかくなった。笑みを浮かべたらしく、夜陰のなかにかすかに白い歯が見えた。

「向井、頼んだぞ」

「ハッ」

泉十郎は低頭し、身をかがめて後ずさりしてから反転した。御庭番らしい動きである。

3

相馬と会った翌日、泉十郎は羽織袴姿で二刀を帯び、鶴沢屋の店先から通りに出た。石崎藩の上屋敷のある愛宕下《あたごした》に行くつもりだった。まず、石崎藩の内情を探ってみようと思ったのである。

「旦那、お久し振り」

背後で、女の声がした。

おゆらだった。島田髷《しまだまげ》に子持《こも》ち縞《じま》の小袖姿で、風呂敷包みをかかえていた。町人の年増のようである。

おゆらは三十代半ばのはずだが、年齢ははっきりしなかった。亭主はいないようだし、どこにだれと暮らしているのか、謎である。おゆらは様々な姿に変装するので、変化のおゆらといわれている。十六、七の町娘に化けることもあれば、老婆に変身することもある。おゆらは姿だけでなく、言葉遣いや声まで変えてしまう。

「おゆら、土佐守さまから話があったのだな」

泉十郎が歩きながら訊いた。

「そうですよ」

「おれはこれから、石崎藩の内情を探るつもりで愛宕下までむかうところだ」

「あたしもそうですよ」

「ならば、いっしょに行こう」

泉十郎は、石崎藩の内情をどう探るか、おゆらと話しておきたかったのだ。ふたりで、同じことを探る必要はない。

「お供しますよ」

おゆらは、泉十郎の後ろからついてきた。微妙に間をとり、まったくかかわりのないような顔をしている。

ふたりは、小柳町の通りを経て中山道《なかせんどう》に出た。中山道を南にむかえば日本橋《にほんばし》である。その先は東海道《とうかいどう》で、さらに南に歩けば、石崎藩の上屋敷のある愛宕下の近くに出られる。

泉十郎は歩きながら、石崎藩のことで知っていることにくわえ、柳原通りで石崎藩士が斬られたことを話した。

「江戸の藩邸でも、揉《も》めているんでしょうかね」

おゆらは、他人事《ひとごと》のような物言いをした。

「そのようだ」

「藩の改革に反対している家臣は、すくないと聞きましたが」

おゆらが、歩きながら言った。

「土佐守さまの口振りもそのようだったが、まず藩邸にいる家臣たちの様子を探ってみるか」

泉十郎は藩士でなくとも、中間《ちゅうげん》や藩邸に出入りしている植木屋などに訊けば、分かるのではないかと思った。

泉十郎は、藩邸内の様子を探ってから、相馬から言われた内藤の側近である瀬山に会うつもりだった。瀬山の言い分を鵜呑《うの》みにしないためである。

「おゆらは、どうする」

泉十郎が訊いた。

「あたしは、今夜あたり、屋敷内に侵入するつもりで来たんですよ」

「その方が早いな」

おゆらは、変装だけでなく、家屋敷への侵入も巧《たく》みだった。女ながら忍びの術を身につけていた。手にしている風呂敷包みには、闇に溶ける衣装や屋敷内の侵入に使う忍具などが入っているはずである。

おゆらは、紀州から江戸に出た御庭番の家筋に生まれ、子供のころから甲賀流の忍びの術を教えられたと聞いていた。

「植女さまも、この件にくわわってるんですか」

おゆらが訊いた。

「まだ植女からは何も聞いてないが、土佐守さまの口振りでは、植女もくわわっているようだ」

そんな話をしながら、ふたりは日本橋を渡り、東海道に入った。

東海道は賑わっていた。その辺《あた》りは日本橋通りで、江戸でも有数の人出の多いところである。旅人だけでなく、様々な身分の老若男女が行き交っていた。

泉十郎たちは京橋《きょうばし》を過ぎ、汐留川《しおどめがわ》にかかる芝口橋《しばぐちばし》（新橋《しんばし》）を渡ったところで、右手におれて汐留川沿いの道に入った。その道をいっとき西に歩くと、幸橋御《さいわいばし》門の前に出た。左手につづく通りが、愛宕下の大名小路である。この通りの先に、石崎藩の上屋敷はあるはずだった。

大名小路と呼ばれるだけあって、通りの左右には大名屋敷が並んでいた。行き交うひとは、大名家に仕《つか》える家臣や中間などが多いようだ。

「旦那、あたしは、これで」

おゆらが言った。

大名小路では、多少離れて歩いていても武士と町人の女がいっしょでは人目につく。

「何か知れたら、おれのところに来てくれ」

「承知しました」

おゆらは小声で言って、すぐに脇道に入った。おそらく、暗くなるのを待って石崎藩の上屋敷に侵入するのだろう。

泉十郎は、まず石崎藩の上屋敷を自分の目で見てみようと思った。まだ、上屋敷を目にしたことがなかったのである。

泉十郎は通りすがりの大名家の家臣らしい武士に、石崎藩の上屋敷がどこか、訊いてみた。

「この通りを三町ほど行くと、右手に入る通りがあります。そこを入ると、すぐです」

武士はそれだけ口にすると、供の中間を連れてその場を離れた。

泉十郎は、教えられたとおり行ってみた。なるほど、七万八千石の大名にふさわしい屋敷があった。表門は華麗な櫓《やぐら》門だった。通り沿いに、藩士の住む長屋が長くつづいている。その長屋の奥には、殿舎の甍《いらか》が折り重なるようにつづいていた。

表門の前の通りには、ぽつぽつと人影があった。大名の家臣と思われる武士や大名屋敷に奉公している中間などが、通り過ぎていく。通り沿いには、石崎藩の他にも大名屋敷や大身の旗本屋敷などが並んでいた。

泉十郎は、石崎藩の家臣や屋敷に出入りする奉公人などに、直接話を聞くのは難しいと思った。それより、近所の屋敷に出入りする者の方が訊きやすいだろう。

泉十郎は石崎藩の上屋敷の前を通り過ぎ、三町ほど離れた路傍《ろぼう》に立った。そして、通り沿いの松の樹陰で一休みしているような振りをして、話を聞けそうな者が通りかかるのを待った。

4

泉十郎が路傍に立ってしばらくすると、通りの先にお仕着せの法被《はっぴ》を羽織った中間の姿が見えた。ふたりだった。何か話しながらやってくる。

……あのふたりに訊いてみるか。

泉十郎は、ふたりが近付くのを待って声をかけた。

「しばし、待て」

「へ、へい」

丸顔の男が、首をすくめるようにして頭を下げた。もうひとり、痩身の男も顔をこわばらせて、腰をかがめた。いきなり武士に声をかけられ、何か無礼な振舞いでもあったかと不安を覚えたようだ。

「ちと、訊きたいことがあってな」

泉十郎が穏やかな声で言った。

「なんでしょうか」

丸顔の男が、身を低くしたまま訊いた。

「歩きながらでいい」

泉十郎はゆっくりと歩きだした。

ふたりの中間は、後ろについてきた。まるで、泉十郎の供のようである。

「この近くの屋敷に奉公しているのか」

泉十郎が訊いた。

「へい、藤塚《ふじづか》さまのお屋敷で」

丸顔の男が小声で答えた。

「藤塚さまというと、旗本だな」

泉十郎は、藤塚家のことを知っていた。大身の旗本で、当主が幕府の要職に就いているはずである。

「そうでさァ」

「この先に、陸奥国の石崎藩の屋敷があるのを知っているか」

「知っていやす」

「そうか。実はな、わしは剣術道場で石崎藩の家臣と同門だったのだ。その男が、柳原通りで何者かに斬られたらしいのだが、何か耳にしていないか」

「だ、旦那、聞きやしたぜ」

丸顔の男が、身を乗り出すようにして言った。

「そうか。耳にしているか。……わしは、同門のよしみもあってな。このままにしておけなくなったのだ。敵《かたき》を討ってやれるかどうか分からないが、せめてその男が、だれに斬られたのかだけでも知りたいのだ」

泉十郎がもっともらしく言った。

「それが、旦那、倉岡《くらおか》さまは同じ石崎藩士に斬られたようですぜ」

脇から、痩身の男が言った。どうやら、斬られた石崎藩士は倉岡という名らしい。

「石崎藩の者が、倉岡を斬ったのか」

泉十郎は驚いたような顔をして見せた。

「そうでさァ」

「どうしてまた、倉岡どのは家中の者に斬られたのだ」

泉十郎は腑《ふ》に落ちないような顔をした。

「御家中で、揉めているようですぜ」

丸顔の男が、声をひそめて言うと、

「ちょっとしたお家騒動でさァ」

瘦身の男が脇から口をはさんだ。

「お家騒動だと!」

「中間仲間に聞きやした」

「どういうことだ」

泉十郎は、ふたりから騒動の様子を聞き出そうとした。

「噂《うわさ》を耳にしただけで、くわしいことは知りませんが、なんでも、ご家老とお留守居《るすい》役の折り合いがよくねえそうで」

「家老と留守居役がな」

家老は、江戸家老の内藤であろう。留守居役の名は知らないが、幕府や他藩と外務交渉をする役で、江戸詰の家臣のなかでは家老や年寄に次ぐ要職だった。年寄は家老を補佐し、内政を総括する役柄である。

「その騒動には、家臣たちもくわわっているのか」

泉十郎が声をあらためて訊いた。

「そのようで」

「殺された倉岡どのは、どちらについていたのだ」

「ご家老さまの方だと、聞きやしたぜ」

「お留守居役の方は、数がすくねえようでさァ」

ふたりの中間が、つづいて言った。

「それで、倉岡どのを斬った者は、だれか分かっているのか」

泉十郎が声をひそめて訊いた。

「まだ分からねえと、伊勢守さまのお屋敷に奉公してる中間が言ってやしたぜ」

丸顔の男が言った。

「分からないのか」

それから、泉十郎は藩内の騒動の原因を訊いたが、ふたりは知らないらしく、首をかしげた。

「手間を取らせたな」

泉十郎はそう言って、ふたりから離れた。これ以上ふたりに訊いても、新たなことは分からないとみたのである。

泉十郎は、さらに通りかかった中間や旗本屋敷に仕える若党などから話を聞いたが、いずれも噂を耳にしただけで、新たなことは分からなかった。

翌日の昼過ぎ、鶴沢屋におゆらが姿を見せた。昨日の年増の姿とは変わって、長屋の女房のような恰好をしている。歳も四十がらみに見えた。変化のおゆらと言われるだけあって、見事な変わりようである。


おゆらは店先に吊るされている古着を見ながら、客がいないのを確かめると、

「旦那、昨夜、藩邸にもぐり込みましたよ」

と、こともなげに言った。

「さすが、おゆらだ」

「藩士の話をいろいろ聞きました」


おゆらによると、藩邸内の長屋の窓下に身を寄せたり、重臣の住む小屋に忍び込んだりして話を聞いたという。小屋といっても、藩邸内にある重臣のための屋敷である。

「何か知れたか」

「はい、江戸家老の内藤さまと留守居役の沢村《さわむら》さまが対立し、それぞれに藩士たちがついているようです。国許での対立が、江戸に持ち込まれているようですよ」


そう前置きして、おゆらが話しだした。

「内藤さまは逼迫した藩の財政を立て直すための改革を藩士や領民に訴えていますけど、そうした最中、藩に入るはずの金を着服している者がいるそうですよ」

「その話は聞いているが、着服しているのは、だれか分かったのか」

泉十郎が訊いた。

「まだ、分かりません」

おゆらは、藩士たちが長屋の座敷に集まって話しているのを耳にしただけなので、着服している者の名は、分からなかったという。

「それに、内藤さまに与する藩士たちは、しきりに米問屋の楢崎屋《ならざきや》のことを話してました。……楢崎屋と沢村さまとの間で何か不正があるのではないか、と口にする者もいました」

「楢崎屋とは」

泉十郎は、これまで楢崎屋の名を耳にしたことはなかった。

「江戸有数の大きな米問屋で、船問屋もかねているそうです。その楢崎屋が、石崎藩の蔵元をしているようです」

「うむ……」

泉十郎は、楢崎屋も石崎藩の騒動にかかわっているような気がした。

泉十郎はいっとき虚空《こくう》に視線をとめて黙考していたが、

「国許の話も出たのか」

と、声をあらためて訊いた。

「出ましたよ。藩士たちの話を耳にしただけなので、はっきりしませんが、国許では改革を訴える城代家老の矢崎文左衛門《やざきぶんざえもん》さまと、中老の馬場源兵衛《ばばげんべえ》さまが対立し、それぞれに与する重臣たちがいるようです」

おゆらが答えた。

「城代家老と中老が対立しているのか」

「家臣たちは、矢崎派と馬場派と呼んでいました」

「根が深いようだ」

泉十郎は、騒動を収めるのは容易《ようい》ではないと思った。

「それで、藩主の伊勢守さまは、どのようにお考えなのだ」

泉十郎は、藩主がどちら側についているかで、藩としての政策は決まるのではないかと思った。

「伊勢守さまの話は、出ませんでした」

「そうか」

「ところで、植女の旦那は?」

おゆらが訊いた。

「いや、ここにはおらぬが」

泉十郎が応えると、おゆらは口をとがらせて「それじゃあ、帰りますよ」と去っていった。

「勝手にしてくれ……」

泉十郎は溜息をついて、藩の騒動についてくわしい家臣に訊いてみようと思った。江戸家老の内藤をとおせば、会うことができるだろう。

5

泉十郎はおゆらとふたりで愛宕下に出かけた五日後、植女とふたりで芝《しば》の七軒《しちけん》町《ちょう》にむかった。七軒町は増上寺《ぞうじょうじ》の表門につづく門前通りで、料理屋、料理茶屋、そば屋、茶店などが並んでいた。通りは、参拝客や東海道の旅人などで賑わっている。

「この辺りと聞いたがな」

泉十郎が、通り沿いの店屋に目をやりながら言った。

ふたりは、門前通りにある清水屋《しみずや》という老舗《しにせ》の料理屋を探していたのだ。ふたりとも、今日は羽織袴姿で二刀を帯びていた。幕臣ふうに身を変えたのである。

泉十郎はおゆらと石崎藩のことで聞き込んだ後、兵助に、

「土佐守さまに、石崎藩の家臣とお会いしたい、と伝えてくれ」

と、言伝を頼んだ。すると、一昨日、七軒町の清水屋に出向くよう兵助が知らせにきたのだ。

「訊いた方が早いな」

泉十郎は通りかかった土地の者らしい男に、清水屋はどこか訊くとすぐに知れた。二町ほど増上寺の方へ行くと二階建ての料理屋があり、それが清水屋だという。

泉十郎たちは、増上寺にむかった。

「あれだな」

植女が通り沿いの料理屋らしい店を指差した。

二階建ての大きな店だった。戸口は格子戸になっていた。暖簾《のれん》に、清水屋と染め抜かれている。すでに、客が入っているらしく、二階の座敷から客の哄笑《こうしょう》や

嬌声《きようせい》などが聞こえてきた。

格子戸をあけて店に入ると、土間の先が狭い板間になっていて、右手に二階に上がる階段があった。左手に帳場があり、すぐに女将《おかみ》らしい年増が出てきた。

年増は板間の框近くに座し、

「いらっしゃいまし」

と、声をかけた。料理屋の女将らしい粋《いき》と艶《つや》がある。

「石崎藩の方が、みえてるはずだが」

泉十郎が言った。

「相馬さまのお身内の方ですか」

女将が訊いた。どうやら、土佐守の家士という触れ込みのようだ。相馬も、泉十郎たちのことを御庭番とも隠密ともいえないので、家士ということにしたらしい。

「そうだ」

「どうぞ、お入りになってください。みなさん、お二階でお待ちです」

女将は、泉十郎と植女を板間に上げると、二階へ案内した。

二階の奥まった座敷に三人の武士が座していた。内藤の配下たちらしい。

泉十郎と植女が座すと、三人の真ん中に座っていた三十がらみと思われる武士が、

「それがし、石崎藩大目付、瀬山多門《たもん》にござる。此度《こたび》は、わが藩のためにご尽《じん》力《りよく》いただけるそうで、かたじけのうござる」

慇懃《いんぎん》な口調で言い、頭を下げた。

すると、他のふたりが勘定吟味《かんじようぎんみ》方の松島峰之助《まつしまみねのすけ》、御使番の矢代恭四郎《やしろきようしろう》と名乗り、瀬山につづいて低頭した。

「それがし、向井泉十郎にござる」

泉十郎は身分を名乗らなかった。相馬家に仕える家士ということにでもしておこうと思った。

「植女京之助でござる」

植女も名しか口にしなかった。

それから、女将と女中が料理を運び終わるまで、泉十郎が石崎藩の領内のことや江戸での暮らしなどの話題を訊いていたが、酒肴《しゆこう》の膳が運ばれ、いっとき酒で喉《のど》を潤《うるお》すと、

「向井どの、土佐守さまは、わが藩のことを貴公たちにどのようにおおせられた

のだ」

瀬山が声をあらためて訊いた。

「土佐守さまのお指図は、石崎藩の騒動が公儀に知れぬよう、ご家老の内藤さまから藩の内情をお聞きした上で、尽力せよとのことでござった。……それに、われらはあくまでも表に出ず、陰で動けとの指図を受けている」

泉十郎が静かな声で言った。

植女は黙って、杯をかたむけている。植女は酒が強かった。かなり飲んでも、顔色さえ変わらない。

「かたじけのうござる」

瀬山の顔に、ほっとした表情が浮いた。おそらく、泉十郎たちを幕臣とみて、警戒していたのだろう。

「まず、お訊きしたいのは、柳原通りで斬られたのは、ご家中の方でござるな」

泉十郎は倉岡の名は口にしなかった。

「そうだ。名は倉岡新八郎《しんぱちろう》。勘定吟味方のひとりなのだ」

「斬った者は」

「はっきりしないが、先手組の田中平九郎《たなかへいくろう》ではないかとみている」

瀬山によると、田中は藩内では名の知れた馬庭念流《まにわねん》の遣い手だという。馬庭念流は、慈恩《じおん》の念流の流れを汲《く》む一派で、上州《じようしゆう》馬庭の地の郷士である樋《ひ》口又七郎定次《ぐちまたしちろうさだつぐ》を流祖とし、上州を中心にひろがった流派である。

「斬られた倉岡は、われらとともに留守居役と椙崎屋の癒着《ゆちやく》を探っていた勘定吟味役のひとりなのだ」

瀬山が言い添《そ》えた。

「椙崎屋とは」

泉十郎は、おゆらから椙崎屋のことを聞いていたが、はじめて聞く店のようなふりをした。

「わが藩の蔵元でござる」

椙崎屋は米問屋で、店は日本橋の行徳河岸《ぎようとくがし》にあるという。

「蔵元が、此度の騒動にかかわっているのか」

泉十郎が身を乗り出して訊いた。

「われらは、椙崎屋が裏で糸を引いているとみている」

「どういうことだ」

「椙崎屋は、わが藩の販売米のほとんどを一手に引き受けている。その米の廻漕と売買で莫大《ばくだい》な利益を挙げているはずなのだ」

瀬山によると、石崎藩の領内は山間《やまあい》に平地がひろがっていて、稲作が盛んだという。藩では年貢《ねんぐ》米の多くを江戸に運んで売買し、それが藩の財源の中心になっているという。その廻漕と売買を一手に引き受けているのが楢崎屋だそうである。

「われらは、藩米が適切な値で取引きされているのか、把握できていない。これまで、楢崎屋の言い分を鵜呑みにしてきたのだ。しかも、長年にわたり、藩の財政が逼迫したおりに楢崎屋に都合させた多額の借金がある。その利息の支払いのため、藩米を販売して得られる利益の多くが、楢崎屋の懐に入ってしまうのだ」

「うむ……」

泉十郎には商いのことはよく分からないが、楢崎屋にこのまま藩米の廻漕と販売をまかせていたら、石崎藩の財政はよくならないのではないかと思った。

「われらは、藩米を楢崎屋だけでなく、他の店にも商わせて値を競わせることで、多くの利益が生まれるとみているのだ」

「それで」

泉十郎は話の先をうながした。

「そこで、逼迫した財政を立て直すために、ご城代の矢崎さまや江戸家老の内藤さまたちは、領内を開墾《かいこん》して米の生産を増やし、さらに藩米の廻漕と販売にかかる費用をすくなくすることで、かなりの利益が得られるとみたのです。そうすれば、かならず藩の財政を立て直すことができる」

瀬山の声には、自信に満ちた強いひびきがあった。

「改革というのは、それか」

「……」

瀬山が無言でうなずいた。

「そうした政策に、反対する者がいるのか」

泉十郎が身を乗り出すようにして訊いた。

「いる。中老の馬場源兵衛さまや留守居役の沢村勝兵衛《かっぺえ》さまが強く反対し、馬場さまや沢村さまに与する家臣もいる」

「それで、対立が生じているのだな」

「そうだ」

瀬山が苦渋《くじゅう》の表情を浮かべた。

「なぜ、中老や留守居役は、反対するのだ」

泉十郎のように外部にいる者からみても、矢崎や内藤がとろうとしている方法は、財政を立て直すには適切だと思えた。

「それが、はっきりしないので……」

瀬山が言い渋っていると、脇で聞いていた勘定吟味方の松島が、

「これまで、長い間、楢崎屋から馬場さまや沢村さまに、多額の賄賂《まいない》が渡されていたとみております」

と、顔に憎悪の色を浮かべて言った。

「賄賂だと」

「はい、他店が藩米を扱うようになれば、楢崎屋の買値、廻漕料、売値などと比較され、すぐに楢崎屋がいかに相場とちがった取引きで収益を挙げていたかが露見いたします。それを避けるために、楢崎屋はこれまで以上に馬場さまや沢村さまに多額の金を渡し、これまで同様独占して藩米を扱えるよう働きかけているのではないでしょうか」

松島が一気にしゃべった。

「なるほど、それで、馬場や沢村も藩米を他店で扱わせることに反対しているのか」

「馬場さまや沢村さまは、楢崎屋からの金が途絶えるだけでなく、これまでの悪事が露見する恐れもあるので、反対しているとみています」

松島が強い口調で一気にしゃべった。勘定吟味方だけあって、楢崎屋だけに藩米を扱わせる弊害《へいがい》と馬場たちとの癒着が、みえているのかもしれない。

「だが、推測だけなのだ。確かな証が、いまはない」

瀬山が苦渋の顔をして言った。

6

次に口をひらく者がなく、座敷は重苦しい沈黙につつまれた。その沈黙を破ったのは、それまで黙って話を聞いていた植女だった。

「それで、国許におられる伊勢守さまは、どのようにおおせられているのだ」

植女が抑揚のない声で訊いた。

「それが、殿は迷っておられるようだ。国許にいる馬場が、言葉巧みに言いくるめているせいかもしれない」

瀬山によると、国許にいる馬場は、伊勢守に追従の言葉を口にしながら、楢崎屋が藩米の廻漕と売買をやめれば、藩の財政は破綻《はたん》してしまうことを言葉巧みに訴えているらしいという。

「今後、瀬山どのは、どうされるおつもりなのだ」

泉十郎が訊くと、

「実は、そのことで、向井どのたちに頼みがござる」

瀬山が泉十郎に身を寄せて言った。

「何かな」

「まだ、数日かかるが、楢崎屋がわが藩に払った米の代金が適正であったか、勘定吟味方で調べている。その調査で、楢崎屋だけに藩米を扱わせる不利益をはっきりさせ、書面にまとめるつもりでいるのだ。それを殿にお見せし、財政を立て直すためには、改革が必要であることを訴えれば、かならず殿もわれらの政策に賛成していただけるはずだ」

瀬山によると、江戸で同じように藩米を扱っている問屋から、近年の相場や廻漕代などを聞き、勘定方に残っている楢崎屋と取引きした帳簿と照らし、楢崎屋がいかに割高であるか明らかにするという。

「すでに、われらの手で楢崎屋との取引きにかんする調べは進んでいますが、あきらかに楢崎屋は割高です」

松島が強い口調で言い添えた。

「それで、わしらに何をせよというのだ」

泉十郎が訊いた。

「調べが終わり、書面にまとめたところで、ご家老の上申書を添えて国許にとどけるつもりでいるのだが、その際、向井どのたちに同行してもらいたいのだ。沢村に与する者たちが、かならず旅の途中で使者を襲うとみている」

瀬山が、泉十郎と植女に目をやって言った。沢村を呼び捨てにした。沢村を、はっきりと敵とみているからであろう。

「使者の警固か」

「むろん、藩としても使者に警固はつける。だが、沢村は使者と警固の者を討てるだけの戦力をむけるだろう。……都合のいいことに、沢村は向井どのたちのことを知らない。向井どのたちに、使者に同行して守ってもらえれば、討手にまけないはずだ」

瀬山が言った。

「承知したが、事前に使者と警固の人数、それに国許への道筋を知らせてもらいたい」

泉十郎たちも、使者を守るために何か手を打たねばならない。

「むろん、そのつもりだ。すでに、その役は矢代に頼んである」

瀬山が言った。

すると、矢代が、それがしがお知らせします、と言って、泉十郎と植女に頭を下げた。

「田中平九郎も、討手にくわわるとみていいな」

泉十郎が、声をあらためて言った。田中は強敵とみていい。江戸勤番の藩士のなかでも遣い手のひとりであろう。

「田中も、くわわるはずだ」

瀬山によると、田中の他にも沢村に与する者のなかに何人か遣い手がいるという。

「ところで、田中や他の藩士はなにゆえ沢村に味方しているのだ」

泉十郎が訊いた。田中たちは改革派の考えに反対しているのではなく、別のつながりがあるのではあるまいか。

「栄進と金でござる。沢村と国許の馬場は、これまで家中の剣の遣い手を栄進と金を餌《えさ》につけてきたようだ。いずれ、自分たちのやり方に反対する者たちがあらわれ、騒動が起こると見越していたのかもしれん」

瀬山が顔をけわしくして言った。

「すると、討手は腕のたつ者たちとみなければならないな」

「いかさま」

「うむ……」

泉十郎は難しい警固だと思った。

それから、泉十郎は酒を飲みながら、石崎藩の国許への道筋や領内の様子などを訊いた。腰を上げたのは、七ツ（午後四時）過ぎだった。曇天《どんてん》のせいか、店の外は夕暮れどきのように薄暗かった。

泉十郎と植女は、瀬山たち三人と清水屋の店先で別れた。瀬山たちは、愛宕下にある藩邸にもどるという。

泉十郎と植女は、増上寺の門前通りを東にむかった。ふたりとも、自分の家へ帰ることにした。

植女は、神田平永町《ひらながちょう》の借家に住んでいた。平永町は、鶴沢屋のある小柳町に隣接している。

植女は、おきぬという女と住んでいた。泉十郎は植女から何も聞いていなかったが、おきぬは植女の情婦《いろ》だろうとみていた。遠国へ隠密として秘行して任務を果たす、泉十郎たちのような特殊な御庭番にとって、妻や子供はかえって重荷になるのである。

泉十郎と植女が清水屋の店先から離れたとき、斜向《はすむ》かいにあったそば屋の脇にふたりの武士が立っていた。ふたりとも、小袖に裁着袴姿で、網代笠《あじろがさ》をかぶって顔を隠していた。ふたりは、遠ざかっていく泉十郎たちの後ろ姿に目をやっている。

中背で、肩幅のひろいがっちりした体軀《たいく》の武士が、

「あのふたり、何者だ」

と、くぐもった声で訊いた。

「何者か知れぬが、瀬山たちと会っていたことはまちがいないな」

長身の武士が応えた。

「藩士ではないようだが」

「だが、家老の手の者とみていいようだ」

「やつらが何か仕掛けないうちに、始末してしまうか」

「そうだな」

ふたりの武士は、そば屋の陰から通りに出ると、泉十郎と植女の跡を尾《つ》け始めた。

7

泉十郎と植女は、賑やかな日本橋通りを歩いていた。

その日本橋通りを過ぎて、中山道から小柳町につづく路地に入ると、急に人影がすくなくなった。

すでに、暮れ六ツ（午後六時）を過ぎていた。路地は淡い暮色に染まっている。

路地沿いの店は表戸をしめ、夕闇のなかでひっそりとしていた。人影も、すくなかった。ときおり、遅くまで仕事をした出職の職人や酔客が通りかかるだけである。

「おい、後ろのふたり、おれたちを尾けているようだぞ」

植女が泉十郎に身を寄せて言った。

「そうらしいな」

泉十郎も気付いていた。

泉十郎たちが中山道から路地に入ったときから、ふたりの武士が、半町ほどの距離をたもって背後を歩いてくるのだ。

「おれたちを襲う気かな」

植女が言った。細い双眸《そうぼう》が夕闇のなかに、青白くひかっている。

「分からんな」

泉十郎は、逃げるつもりはなかった。相手はふたりである。植女とふたりなら、恐れることはない、とみたのだ。

植女は、田宮《たみや》流居合の遣い手だった。滅多《めった》に後れをとるようなことはない。

田宮流居合は抜刀田宮流といわれ、流祖は田宮平兵衛重正《へいべえしげまさ》である。その田宮流居合を修行した福沢藤三郎《ふくざわとうざぶろう》が、江戸の本郷《ほんごう》に道場をひらいていた。植女は少年のころから福沢道場で、居合を修行したのである。

泉十郎たちが、人家の途絶えた寂《さび》しい路地にさしかかったときだった。背後から、走り寄る足音が聞こえた。

植女が背後を振り返った。

背後にいたふたりの武士が、走りだした。左手で鍔元《つばもと》を握り、身を低くして走り寄ってくる。

「ここでやるか」

泉十郎は足をとめた。

植女も足をとめ、左手で刀の鍔元を握って右手を柄に添えた。居合腰に沈めて、抜刀体勢をとっている。

植女の大刀の柄は通常の物より、二寸ほど長かった。田宮流居合では、長柄を奨励《しょうれい》していた。柄が一寸長ければ、切っ先は一寸伸び、二寸長ければ、二寸伸びる。その差が、勝負を大きく左右する、との教えがあった。

ふたりの武士は走り寄ると、泉十郎と植女の前にまわり込んできた。すでに、ふたりは網代笠をとっていた。

泉十郎と対峙《たいじ》したのは、中背で、がっちりした体軀の武士だった。眉が濃く、眼光が鋭かった。田中平九郎である。

植女の前にたったのは、長身の武士だった。面長で鼻梁が高く、薄い唇をしていた。名は、伊崎又左衛門《いざきまたざえもん》である。

「何者だ！」

泉十郎が田中を見すえて誰何《すいか》した。

「おれは、辻斬りだ」

田中は嘯《うそぶ》くように言って抜刀した。刀身が、夕闇のなかで銀色《しろがねいろ》にひかった。

「辻斬りだと」

言いざま、泉十郎も刀を抜いた。

田中は八相《はっそう》に構えた。足を撞木《しゅもく》にとった。腰をすこし沈めている。

……こやつ、馬庭念流か！

泉十郎は、馬庭念流では刀を構えるとき足を撞木にとることが多いことを知っていた。この男は、田中平九郎ではないか、と泉十郎はみた、瀬山から、田中は馬庭念流の遣い手だと聞いていたのだ。

「おぬし、田中平九郎か」

泉十郎が訊いた。

田中は驚いたような顔をしたが、

「だれでもいい」

と言いざま、足裏を擂《す》るようにして間合をつめ始めた。

すかさず、泉十郎は青眼《せいがん》に構え、切っ先を田中の左拳につけた。八相に対応する構えである。隙《すき》のない構えで、どっしりと腰が据わっていた。剣尖《けんせん》には、そのまま左拳を突き刺すような気配がある。

ふいに、田中の寄り身がとまった。泉十郎が遣い手と分かり、迂闊《うかつ》に間合をつめられない、と察知したらしい。

「おぬし、できるな」

田中が低い声で言った。顔がかすかに紅潮し、双眸には切っ先のような鋭いひかりが宿っている。

このとき、植女は伊崎と対峙していた。植女は刀に右手を添え、腰を居合腰に沈めていた。

対する伊崎は、青眼に構えた。剣尖が植女の目線につけられている。遣い手らしく、隙のない構えだった。

ふたりの間合は、およそ三間半――。まだ、一足一刀の斬撃の間境の外である。

「おぬし、居合か」

伊崎が訊いた。

「いかにも」

植女は、居合の抜刀体勢をとったまま伊崎を見つめている。

「いくぞ！」

伊崎が摺り足で間合を狭めてきた。

植女は気を静めて、ふたりの間合と伊崎の気の動きを読んでいる。ジリジリと、伊崎が間合をつめてくる。

植女は動かず、ふたりの間合と伊崎の斬撃の起こりを読んでいる。

居合にとって、大事なのは抜刀の迅《はや》さと敵との間合の読みだった。居合は抜き付けの一刀に勝負を賭《か》けることが多い。いかに、神速の抜き打ちであっても、間合が遠ければ切っ先がとどかないのだ。

そうかといって、迂闊に己から踏み込めない。敵は、相手が先に斬撃の間合に入ったのを察知すれば、先に斬り込んでくる。敵の斬撃を受けるために、居合の抜き付けの一刀をはなったのでは、勝負にならない。

それに、植女の大刀は二寸ほど柄が長かった。柄頭の近くを握って抜刀すれば、二寸の遠間から仕掛けられるのだ。

……あと、二尺！

植女は頭のどこかで読んでいた。

伊崎の寄り身が遅くなった。植女の居合を警戒しているのだ。それでも、趾《あしゆび》を這《は》うように動かし、ジリッ、ジリッ、と間合をつめてくる。

……あと、一尺！

植女がそう読んだとき、ふいに伊崎の寄り身がとまった。斬撃の間境に踏み込むのを恐れているようだ。

と、植女が一歩踏み込んだ。先《せん》をとったのだ。

刹那《せつな》、植女の全身に斬撃の気がはしった。

……イヤアッ！

裂帛《れっぱく》の気合と同時に、植女の体が躍《おど》った。

シャッ！という刀身の鞘《さや》走る音がし、植女の腰から閃光が逆袈裟にはしった。

迅い！

まさに、稲妻《いなずま》のような居合の抜き付けの一刀だった。

咄嗟《とっさ》に、伊崎は身を引いたが間に合わなかった。

ザクリ、と伊崎の着物の脇腹が裂け、あらわになった脇腹に血の線がはしった。伊崎は恐怖に目を剝《む》き、逃げるように後じさった。

伊崎の脇腹の傷からふつふつと血が噴き、肌を赤く染めている。ただ、植女の切っ先は、伊崎の腹の皮肉を裂いただけで、臓腑《ぞうふ》まではとどかなかった。咄嗟に、伊崎が身を引いたため致命傷を受けずに済んだらしい。

伊崎は、戦意を失っていた。恐怖に顔をしかめたまま、さらに後じさり、植女との間があくと、

「ひ、引くぞ!」

声を上げ、反転して駆けだした。

植女は追わなかった。すでに抜刀していたし、居合は前に走りながらでは遣いづらいのだ。

このとき、泉十郎は田中と対峙していた。青眼と八相に構えたまま、お互いが間合をつめ始めていたが、伊崎の声で、ふたりとも寄り身をとめた。

田中は伊崎の逃げる後ろ姿を目にすると、

「勝負、あずけた」

言いざま、すばやく後じさった。そして、泉十郎との間合があくと、反転して伊崎の後を追った。

泉十郎は、田中の後を追わなかった。田中の逃げ足が速かったこともあるが、いずれ田中とは勝負を決するときがある、とみたからである。

泉十郎は田中の姿が遠ざかると、ゆっくりと納刀した。

「あのふたり、何者だ」

植女が泉十郎に訊いた。

「おれと立ち合った男は、田中平九郎のようだ。おぬしの相手は、何者か分からないが、沢村に与する石崎藩士とみていいな」

「あやつらが、国許にむかう使者を襲うのではないか」

「そうみていいな」

泉十郎が、顔をけわしくしてうなずいた。

「ふたりとも遣い手のようだ……」

植女は、まったく表情を変えなかった。

第二章　羽州《うしゅう》へ

1

泉十郎は、古着屋の帳場の奥の座敷で旅支度をしていた。奥の座敷といっても、狭い帳場につづいて一部屋あるだけである。

泉十郎は小袖に裁着袴姿に着替え、足袋《たび》を穿《は》いていた。

そこへ平吉が姿を見せ、

「旦那、お出かけですかい」

と、声をかけた。

「しばらく出かけてくる。平吉、留守を頼むぞ」

泉十郎は、これまで何度も遠国御用で店を留守にしていた。その都度《つど》、平吉に留守を頼んでいたのである。

「また、古着の仕入れですかい」

平吉は、口許に薄笑いを浮かべて訊いた。

「そうだ。今度は、すこし遠くまで行くのでな、しばらく、帰れないかもしれんぞ」

泉十郎は旅に出るおり、古着の仕入れに行く、と平吉には話していた。ただ、ちかごろ、平吉は、泉十郎が古着の仕入れに行くとは思っていないようだ。

「旦那、気をつけてくだせえよ。どこへ行くか知らねえが、旅先で何が起こるか分からねえからね」

平吉が、急に真面目《まじめ》な顔をして言った。このごろ、平吉は泉十郎の古着屋のあるじは仮の姿で、だれか身分のある者の指図で隠密裡に旅に出かけるらしい、と気付いているようだった。

もっとも、泉十郎はときおり武士の恰好で出かけるし、裏庭で、真剣の素振りなどをしているのだから、だれでも古着屋は仮の姿だと気付くだろう。

「気をつけよう」

泉十郎は二刀を帯び、網代笠を手にした。

平吉は店の戸口まで送ってくると、

「旦那、待ってやすぜ。……出たまま帰《けえ》らねえなんてえのは、嫌ですぜ」

と、涙ぐんで言った。

「心配するな。おれは、死んでも帰ってくる」

そう言い置いて、泉十郎は店先から離れた。

表通りを一町ほど行って振り返ると、まだ平吉は店先に立ったまま見送っている。

泉十郎は平吉に手を振ってから背をむけると、すこし足を速めた。網代笠をかぶり、打飼《うちがい》を腰に巻いていた。武士の旅装である。

泉十郎は柳原通りに出ると、東に足をむけた。いっとき歩くと、前方に和泉橋が見えてきた。

橋のたもとに、植女が立っていた。泉十郎を待っているのだ。植女も、泉十郎と同じように旅装束である。これから、ふたりは石崎藩士を警固し、出羽《でわ》国にむかうのだ。同行する藩士のだれかが、沢村たちと楢崎屋の癒着、不正な取引きを証明する書類、それに家老の上申書を持っているはずである。

「内藤どののたちは、藩邸を出たかな」

歩きながら、植女が訊いた。

藩邸から国許へむかうのは、五人と聞いていた。大目付の瀬山多門、勘定吟味方の松島峰之助、御使番の矢代恭四郎の三人にくわえ、徒組《かちぐみ》の熊沢順之助《くまざわじゅんのすけ》と先手組の村西智次郎《むらにしともじろう》とのことだった。熊沢と村西は、江戸詰の藩士のなかから遣い手を選んだという。

「夜明けには、出てるはずだ。浅草寺《せんそうじ》の近くまで、行っているかもしれんぞ」

泉十郎は、瀬山たちと千住宿《せんじゅしゅく》で待ち合わせることにしてあった。

当初、泉十郎たちは、討手の田中たちに知れないように、瀬山たちの一行にはくわわらずに、警固するつもりだった。ところが、泉十郎と植女が田中たちに襲われたことで、田中たちは泉十郎たちに気付いていることが分かり、それなら瀬山たちに同行して警固にあたろう、ということになったのである。

「急ぐか」

泉十郎たちは、足を速めた。

和泉橋を渡ったところで、

「ところで、おゆらは」

植女が歩きながら訊いた。

「おれたちと同じように、千住にむかっているはずだ。姿を変えているので、目にしても分かるまい」

おゆらも、内藤たちの警固にくわわることになっていた。おゆらは、田中たちに知られていないので、瀬山や泉十郎たちとは別行動をとることにしたのだ。

泉十郎たちは、浅草御門の前から奥州《おうしゅう》街道に入った。

奥州街道は宇都宮《うつのみや》まで、日光街道《にっこうかいどう》と同じ道だった。日本橋を出て、最初の宿場の千住まで二里（約七・八キロ）と八町（約八三〇メートル）である。

泉十郎たちは浅草御蔵の前を通り過ぎ、浅草寺の堂塔を左手に見ながら街道を北にむかった。

やがて、街道の左右に田畑がひろがり、所々に百姓《ひやくしよう》家や寺院の杜《もり》などが見えるようになった。旅人、駄馬を引く馬子《まご》、駕籠《かご》などが街道を行き交っている。

街道の左手に、小塚原《こづかつぱら》の仕置場が見えてきた。この辺りまで来ると、街道沿いの民家はすくなくなり、田畑が広漠とつづいている。

さらに歩くと、街道の左右につづく家々が見えてきた。千住宿の中村町《なかむらちよう》である。ただ、中村町には宿場らしい雰囲気はなかった。さらに歩き、小塚原町に入ると、旅籠《はたご》や旅人相手の店が建ち並び、宿場らしい賑わいになった。

泉十郎と植女は、街道の左右に目をやりながら歩いた。先に来ているであろう、瀬山たちを探したのである。

泉十郎たちが旅籠の前を通り過ぎたとき、行き交う旅人の間から、近付いてくる武士が見えた。矢代である。

「こちらへ」

矢代は、泉十郎と植女を街道沿いにあった茶店に連れていった。茶店の奥の長床几《ながしようぎ》に、四人の武士が腰を下ろし、茶を飲んでいた。瀬山と松島、それに初めてみる武士がふたりいた。熊沢と村西であろう。

「向井どの、植女どの、ここへ」

瀬山があいている長床几に手をむけた。

場所をあけて、泉十郎たちが来るのを待っていたらしい。店のなかに、他の客の姿はなかった。店の脇に出した長床几に、町人の旅人がふたりいるだけである。

泉十郎と植女が腰を下ろすと、

「熊沢順之助でござる」

と言って、三十がらみの武士が、泉十郎たちに頭を下げた。すると、もうひとりの中背の若い武士が、村西智次郎と名乗ってから低頭した。

つづいて、泉十郎と植女が名乗った。そこへ、店の親爺が顔を出した。

泉十郎と植女は、茶と饅頭《まんじゆう》を頼んだ。朝餉《あさげ》を食べてからだいぶ経《た》っていたので、腹がへっていたのである。

2

「どうだ、討手の動きは」

泉十郎が声をひそめて訊いた。

植女も、湯飲みを手にしたまま瀬山に顔をむけた。瀬山たちのことが気になっていたようだ。

「上屋敷を出たらしい」

瀬山が、顔をけわしくして言った。

「何人か、分かるか」

「はっきりしないが、四人、藩邸を出る姿を目にしている」

瀬山が言うと、脇に座していた矢代が、

「今朝、暗いうちに、裏門から出る四人の藩士を目にした者がおります。四人のなかに、田中と伊崎もいたようです」

と、声をひそめて言い添えた。

「四人か」

すくない、と泉十郎は思った。田中たちは、瀬山たち藩士五人に、泉十郎と植女が警固にくわわることを予想しているはずだ。四人だけで襲うとは思えない。

「いや、おれたちが出た後、さらに田中たちの仲間が屋敷を出たかもしれん。それに、町宿の者ということもある」

瀬山が言った。

町宿は藩邸内に住めなくなった藩士が、市井の借家などに住むことである。

「いずれにしろ、油断はできんな」

「それで、田中たちは先に行ったのか」

植女が訊いた。

「分かりません。田中たち四人が藩邸を出たのは、われらより小半刻（三十分）ほど前のようです」

矢代が言った。

「それで、国許にとどける書類を持っているのは」

泉十郎が訊いた。田中たちから、書類を守るためにもだれが持っているか知っておきたかった。

「矢代だ」

瀬山が小声で言うと、矢代がこわばった顔でうなずいた。見ると、矢代はいまも打飼を腰に巻いていた。打飼に入っているのであろう。

「ところで、今夜の宿は」

泉十郎が声をあらためて訊いた。

「越ケ谷《こしがや》の村田屋《むらたや》に、草鞋《わらじ》を脱ぐつもりだ」

瀬山によると、越ケ谷には参勤交代のおりに定宿にしている本陣もあるという。村田屋には、瀬山たちも参勤のおりに草鞋を脱いだことがあるそうだ。

千住宿から草加《そうか》宿を経て越ケ谷宿まで、およそ四里だった。旅の初日としては、ちょうどいい道程だろう。

「さて、出かけるか」

瀬山が親爺に銭を払い、泉十郎たちは茶店を出た。

千住宿を歩くおりも、泉十郎たちは草加宿にむかう旅人に目をやりながら歩いた。田中たちの姿がないか探したが、それらしい武士の集団は目にとまらなかった。

六ツ（午後六時）前に、泉十郎たちは越ケ谷宿に着いた。

泉十郎は越ケ谷宿を歩きながら、行き交う旅人に目をやった。田中たちのこともあったが、おゆらのことも気になっていた。江戸を発《た》ってから、おゆららしい女の姿を一度も目にしてなかったのだ。

越ケ谷宿でも、おゆららしい姿は目にしなかった。

「ここが、村田屋だ」

瀬山が旅籠の前で足をとめた。旅籠の並ぶ越ケ谷宿でも目を引く大きな旅籠だった。

泉十郎たちは、女中が用意した濯《すす》ぎを使ってから二階の座敷に腰を落ち着けた。他の客と相部屋ではなかったが、泉十郎たち七人は、同じ部屋である。

七人が湯を使い、座敷にもどって一息ついたとき、女中が酒肴の膳を運んできた。瀬山が、酒を頼んでおいたらしい。

泉十郎たちが膳の前に腰を下ろすと、

「一杯、やってくれ」

瀬山が声をかけた。

泉十郎たちは、近くに座った者と酒を注ぎ合って飲んだ。湯上がりの酒は、ことのほかうまかった。

「討手らしい者たちは目にしなかったが、油断はできんぞ」

瀬山が、男たちに聞こえる声で言った。

その声で、一同の視線が瀬山に集まった。

「羽州までは遠い。旅は、これからだ。田中たちは、おれたちが気を抜いたときに襲ってくるかもしれん」

泉十郎が言うと、男たちがうなずいた。どの顔もひきしまり、酔って乱れた様子はなかった。

「どうだ、明日から、おれが斥候《せっこう》になってもいいが」

泉十郎は七人が一団となって歩くより、斥候役がいれば、敵の奇襲を避けることができるのではないかとみたのだ。

「向井どのに頼もう」

瀬山が言った。

それから、書類を所持している矢代のそばに、腕のたつ植女と熊沢がつくことになった。植女の居合は咄嗟に反応できるので、奇襲に威力を発揮するはずである。

「それで、次の宿は」

泉十郎が訊いた。

「何事もなければ、栗橋《くりはし》まで足を延ばすつもりだ」

瀬山によると、越ケ谷から栗橋宿まで八里余あるという。途中、粕壁《かすかべ》宿、杉戸《すぎと》宿、幸手《さって》宿を通る。

江戸時代、男の足なら一日十里は歩くといわれていた。泉十郎たちなら、無理な旅程ではない。

「承知した」

泉十郎が言うと、男たちがうなずいた。

3

翌朝、泉十郎たちはまだ暗いうちに村田屋を出た。それぞれ、村田屋に頼んで用意してもらった弁当を持参した。

宿場はまだ淡い夜陰につつまれていたが、あちこちから物音や人声、馬の嘶《いなな》きなどが聞こえてきた。

すでに、宿場は動き出していた。この時代の旅立ちは早かった。夜が明けきらないうちから、旅籠を出る旅人もすくなくない。

泉十郎は越ケ谷宿を出ると、足を速めて瀬山たちの先にたった。斥候として田中たちが埋伏《まいふく》していないか、街道沿いに目をやりながら歩くのである。

泉十郎は、瀬山たち一団から三町ほど先にたって歩いた。いっとき歩くと、東の空が明らんできて、街道を行き来する旅人、巡礼、雲水などの姿が識別できるようになってきた。泉十郎は、街道沿いの物陰や街道を行き来する者に目をやりながら歩いた。田中たちが身をひそめて待ち伏せしていないか見ながら、おゆらの姿も探したのである。

泉十郎は江戸を発ってから、おゆらの姿を目にしていなかった。おゆらは、田中たちに目を配りながら旅をつづけているはずである。

街道沿いは、田畑や雑木林などがひろがっていた。筑波山《つくばさん》や日光の山々が、遠くかすんだように見えていた。

遠方に、次の宿場の粕壁宿の家並が見えてきたころ、泉十郎は街道につづく松並木の松の樹陰で、菅笠《すげがさ》をかぶったまま一休みしている男の旅人の姿を目にとめた。

泉十郎が男の前を通り過ぎようとすると、

「向井の旦那」

と、旅人が声をかけた。

……おゆらだ！

泉十郎はすぐに気付いた。おゆらの声だったのである。

「男に化《ば》けたのか」

泉十郎は、驚いた。男に化けるとは、思ってもいなかったのだ。

おゆらは、泉十郎に近付くと、菅笠をかぶったまま、

「先に行ってくださいよ」

と、小声で言った。どうやら髪は、後ろで束ねているらしい。

泉十郎はすこし歩調をゆるめただけで、何事もなかったように歩きつづけた。

おゆらは、泉十郎の後ろにつき、通りすがりの旅人のように歩いてくる。

「向井の旦那、討手は先に行きましたよ」

おゆらが、小声で言った。どうやら、おゆらは田中たちの動きを知らせるために、この場で待っていたようだ。

おゆらは、泉十郎と微妙な間隔をとって歩いていた。ふたりが仲間で、何か話しながら歩いていると思う者はいないだろう。

「何人だ」

泉十郎も小声で訊いた。

「九人いましたよ」

いずれも武士で、五人と四人に分かれ、小半刻（三十分）ほど前、次の宿場の粕壁宿にむかったという。そのなかに、がっちりとした体軀の目付きの鋭い武士がいて、他の者に指図をしていたらしい。

「多いな」

だが、泉十郎は驚かなかった。田中たちが泉十郎たちを討とうと思えば、そのくらいの人数は集めるだろう、と予想していたのである。

「討手は、このまま粕壁宿を通り過ぎるはずです」

おゆらが言った。

「うむ……」

ここから粕壁宿まで、襲撃に適した地はないかもしれない。

「あたしは、このまま討手を尾けますから。植女の旦那もいないようだしね」

そう言い残すと、おゆらは急に足を速めて、泉十郎を追い越した。

泉十郎はすこし歩調をゆるめた。後続の瀬山たちに、それとなく田中たちのことを知らせておこうと思ったのである。

泉十郎は粕壁宿に入る手前で、瀬山たちと合流した。

「田中たちの様子が知れたぞ」

泉十郎が、瀬山たちに身を寄せて言った。

「知れたか！」

瀬山が声を上げた。

そばにいた植女や松島たちも、泉十郎に顔をむけた。

泉十郎は歩調をゆるめ、

「通りかかった馬子にな、粕壁宿にむかう五、六人の武士集団を見なかったか、訊いてみたのだ」

と、切り出した。おゆらのことは口にできなかったので、そう言ったのである。

「馬子の話では、五人の旅装束の武士につづいて、四人の武士が粕壁宿にむかったらしい。そのなかに、がっちりした体軀の目付きの鋭い武士がいて、他の武士に指図していたそうだ。そやつが、田中とみたのだがな」

「田中にまちがいない」

瀬山が顔をけわしくして言った。

「五人と四人か。都合、九人ということになるな」

植女が抑揚のない声で言った。

「われらを上回る人数を集めたか」

「田中たちは、先回りして、どこかで待ち伏せするつもりだな」

「油断できんぞ」

瀬山が、近くにいる松島たちに目をやって言った。

そんなやり取りをしている間に、泉十郎たちは粕壁宿に着いた。

泉十郎たちは、粕壁宿で休まずにそのまま通り過ぎて、次の宿場の杉戸にむかった。泉十郎は、ふたたび瀬山たちから離れ、斥候役として三町ほど先を歩いた。街道の左右に目を配りながら歩いたが、それほど気を使わなかった。

……田中たちが待ち伏せしていれば、おゆらが知らせてくれる。

と、泉十郎は思っていたのだ。

何事もなく、泉十郎たちは次の宿場の杉戸宿に着いた。

杉戸宿の茶店で一休みしながら、村田屋で用意してもらった弁当を使った。

「田中たちだが、仕掛けてくる気配がないな」

植女が小声で言った。

「まだ、旅は長い。きゃつらは、襲撃しやすい場所を探しているとみていい」

泉十郎は、この先いくらでも待ち伏せや奇襲に適した場所があるだろう、と思った。

その日、何事もなく、泉十郎たちは栗橋宿の益川屋《ますかわや》という旅籠に草鞋を脱いだ。

4

翌朝、すこし明るくなってから、泉十郎たちは益川屋で用意してもらった弁当を持って宿場を出た。今日は、栗橋の関所を経て利根《とね》川を渡らなければならない。

川風であろうか、涼気をふくんだ風が、街道筋の松の枝葉を揺らしていた。旅人や駄馬を引く馬子たちが、利根川の方へむかい、足早に歩いていく。

街道をいっとき歩くと、利根川沿いの道に出た。利根川のひろい川面が、ゆったりとつづいていた。ちかごろ雨の日がなかったせいか、水嵩《みずかさ》は少ないようだった。川の流れに沿って砂利地や砂地がつづいていたが、すこし離れると葦《あし》や茅《かや》などの雑草が生い茂り、さらに松林がひろがっていた。

渡船場の手前に関所があった。

この関所の旅人改めは、それほど厳密ではなかった。男は、江戸へ入るときも出るときも手形がいらなかった。女は江戸から出るときだけ手形が必要で、入るときは手形いらずである。

泉十郎たちは難なく関所を通り過ぎ、渡船場にむかった。この渡船場には、馬船と茶船があった。馬船は、その名のとおり、馬を乗せて対岸まで運ぶのである。

泉十郎たちは、他の旅人たちといっしょに茶船に乗った。泉十郎は乗船した旅人に目をやったが、田中たちの姿はなかった。おゆららしい旅人の姿もなかった。おそらく、先の船で対岸に渡ったのだろう。

船で渡った先が、次の宿場になっていた。中田《なかだ》宿である。ここは宿場といっても渡船場が中心で、旅籠や茶店もすくなかった。

泉十郎たちは、中田宿に足をとめずに、そのまま通り過ぎた。次の宿場は古河《こが》である。中田宿から一里と二十町ある。

中田宿を出ていっとき歩くと、急に民家がすくなくなり、鄙《ひな》びた地になった。

街道沿いに田畑や雑木林などがつづいている。

「先に行くぞ」

そう言い置き、泉十郎は足を速めた、
関所で足をとめられ、利根川の渡船で間をとったこともあり、旅人たちはまばらになっていた。しかも、人影のすくない鄙びた地がつづいている。

……待ち伏せする適所ではないか。

と、泉十郎は胸の内で思った。

泉十郎は足を速めた。近くで、おゆらが泉十郎が来るのを待っているような気がしたのだ。

前方の街道沿いに、雑木林がひろがっていた。赤松、櫟《くぬぎ》、栗などが群生していた。地表は丈の低い笹藪《ささやぶ》でおおわれている。

……おゆらだ！

雑木林になる手前、街道脇の欅《けやき》の樹陰に男の旅人姿のおゆらが待っていた。木陰で、一休みしているように見える。

泉十郎は小走りに、欅の樹陰にまわった。

「待ち伏せですよ」

すぐに、おゆらが言った。

「どこだ」

「一町ほど先の林のなかに、田中たちが身を隠しています」

「九人か」

「そうです。右手に五人、左手に四人――。向井どのたちが通りかかるのを待ち、左右から飛び出して襲うつもりですよ」

「飛び道具は」

泉十郎は、田中たちが弓や鉄砲を用意していると厄介《やっかい》だと思った。

「飛び道具は持っていませんでしたよ。槍を持っている者がふたりです」

「槍か」

「どうします」

おゆらが訊いた。

「街道を通らず、脇道を通る手もあるが……」

泉十郎は、近くに脇道があるかどうか、知らなかった。

「畑の畔道《あぜみち》を通れば、雑木林の先に抜けられるかもしれません」

おゆらが言った。

「うむ……」

そのとき、泉十郎の胸に、これは田中たちを討ついい機会かもしれん、との思いがよぎった。ここで、田中たちの手から逃げることができても、何度も田中たちは仕掛けてくるにちがいない。逆に、ここで田中たちを討ちとれば、この先田中たちに襲われることはなくなる。

「おゆら、ここで、田中たちを襲うか」

泉十郎が言った。

「あたしらが、田中たちを襲うのですか」

おゆらが、驚いたような声で言った。

「そうだ。やつら、二手に分かれている。四人と五人だ。おれたちは、八人いる。どちらか一方を襲い、何人か斃《たお》せば、田中たちがもう一方から駆け付けても太刀打ちできる」

おゆらは、いっとき虚空に目をとめていたが、

「向井どのの指図にしたがいますよ」

と、泉十郎をみつめて言った。

泉十郎、植女、おゆらの三人は同じ御庭番で、上下はなかったが、年配で一番

常識のある泉十郎がまとめ役になることが多かった。

「やろう」

「いいですよ」

「おゆら、ここで田中たちの動きをみていてくれ」

泉十郎は、すぐに欅の陰から街道に出て駆けもどった。

泉十郎は後続の瀬山たちと顔を合わせると、

「この先で、田中たちが待ち伏せしている」

すぐに、伝えた。

瀬山たちに、緊張がはしった。腰の刀に手をかけた者もいる。

「まわり道をするか」

瀬山が言った。

「いや、逃げずに、おれたちが田中たちを襲うのだ」

「なに!」

瀬山が驚いたように目を剝いた。他の藩士たちも、泉十郎に目をむけている。

「田中たちを討ついい機会だぞ」

泉十郎は田中たちが二手に分かれていることを話し、一方だけを襲えば、こちらが優勢であることを言い添えた。

「よし、やろう。ここで、田中たちを討てば、国許まで襲われることはない」

めずらしく、植女が声高に言った。

5

「いくぞ！」

泉十郎が先にたった。

植女、熊沢、瀬山の三人がつづき、さらに松島、矢代、村西の三人が後についた。念のため、腕のたつ村西は矢代の脇から離れなかった。

泉十郎たち七人は、街道を走った。すぐに、街道の左右に雑木林が見えてきた。街道脇の欅の陰に、おゆらの姿がかすかに見えた。そこにひとが身をひそめていると思ってみなければ、気付かないだろう。

泉十郎の目に、おゆらの菅笠が映った。その笠の脇に伸ばした手をまわしている。変わりない、という合図である。

泉十郎は街道脇に足をとめ、

「左手の林のなかに四人、むかいの林のなかに五人いる。まず、左手の四人を襲う」

と、植女や瀬山たちに知らせた。

泉十郎は、左手の畑沿いにつづく笹藪の陰にまわった。笹藪の陰を半町ほどたどると、田中たちの目に触れずに雑木林に入ることができる。

泉十郎たちは、足音をたてないようにして雑木林にむかった。

雑木林のなかに入ると、身をかがめて林のなかを見まわした。埋伏している敵を探したのである。

「あそこにいる!」

瀬山が声を殺して指差した。

街道沿いの櫟の樹陰に人影があった。討手のひとりである。襷《たすき》で両袖を絞り、槍を手にしていた。

「松の陰にもいるぞ」

植女が言った。こちらは、松の幹の陰から身を乗り出すようにして街道に目をやっている。

討手の姿は、ふたりしか見えなかった。他のふたりも、近くにいるにちがいない。林のなかには、枝葉を茂らせた灌木《かんぼく》もあったので、その陰にいるのだろう。

泉十郎は抜刀し、

「いくぞ」

と、瀬山たちに声をかけた。

瀬山たち六人も次々に抜刀し、泉十郎の後ろについた。

泉十郎たち七人は、松の幹や灌木の陰などに身を隠し、足音をたてないように忍び足で、ふたりの討手に近付いていく。

泉十郎たちは忍び足で歩いたが、林のなかは枯れ葉が積もっており、どうしても音がする。

樹陰に身をひそめている討手に、三十間ほどに近付いただろうか。ふいに、灌木の陰から人影が姿をあらわし、泉十郎たちに顔をむけ、

「だれか、来るぞ！」

と、声を上げた。別のひとりが、泉十郎たちに気付いたらしい。

もうひとり、すこし離れた灌木の陰から姿をあらわした。松の幹と灌木の陰にいたふたりも、こちらに顔をむけている。

埋伏している四人に、気付かれたようだ。

「走れ！」

泉十郎たちは、林間を疾走《しっそう》した。

ザザザッ、と灌木を分ける音がし、枯れ葉を踏む音などが林間にひびいた。

街道沿いに身をひそめていた四人の討手は、驚いたような顔をして疾走してくる泉十郎たちに目をむけたが、

「瀬山たちだ！」

と、ひとりが叫んだ。

四人の討手は、「瀬山たちが襲ってくる！」「田中どの、こっちだ！」などと叫びながら、刀槍を手にして身構えた。逃げずに、闘うつもりらしい。

泉十郎、植女、熊沢、瀬山が、それぞれ討手の四人に迫り、さらに村西、松島、矢代の三人がつづいた。

泉十郎は、槍を手にした大柄な討手のひとりに走り寄った。抜き身を手にし、低い八相に構えている。

「おのれ！」

大柄な男が叫びざま、いきなり槍を繰り出した。

咄嗟に、泉十郎は松の幹の陰にまわった。一瞬の体捌《たいさば》きである。穂先が、松の

幹をかすめて空を突いた。

すかさず、泉十郎は松の幹から大柄な男の左手にまわり込んだ。

大柄な男は槍をまわして、穂先を泉十郎にむけようとした。だが、松の幹が邪魔になってまわせない。長柄の槍では、林間での闘いは不利である。

大柄な男は槍を捨て、刀を抜こうとして柄に手をかけた。

「遅い！」

叫びざま、泉十郎が八相から袈裟に斬り下ろした。

大柄な男の肩から胸にかけて小袖が裂け、あらわになった肌から血が噴いた。

グワッ！

と呻《うめ》き声を上げ、大柄な男は血を撒《ま》きながらよろめいた。

泉十郎は反転し、灌木の陰にいる別の討手に目をむけた。植女が、居合の抜刀体勢をとって討手と対峙している。

討手は、長身だった。青眼に構え、切っ先を植女にむけていた。だが、その切っ先が震えていた。真剣勝負の恐怖と興奮のためである。

イヤアッ！

植女が裂帛の気合を発した。

刹那、シャッ、という刀身の鞘走る音がし、閃光が逆袈裟にはしった。植女の居合の抜き付けの一刀が、長身の男の小袖が、脇腹から胸にかけて裂けた。

サクッ、と長身の男の小袖が、脇腹から胸にかけて裂けた。

長身の男の脇腹が裂け、赤くひらいた傷口から臓腑が覗いた。深い傷である。

男は、苦しげな呻き声を上げて林間をよろめき、枝葉を茂らせていた灌木に足をとられて前につんのめった。

長身の男は、左手で腹を押さえたままうずくまった。その左手の指の間から、タラタラと血が赤い筋を引いて流れ落ちている。

植女の白皙《はくせき》が朱を刷《は》いたように染まり、双眸が切っ先のようにひかっている。ひとを斬った気の昂《たかぶ》りのためである。

植女は、林間に目をやった。

瀬山たち五人が、ふたりの討手に切っ先をむけていた。そこへ、泉十郎が駆け寄ろうとしている。

「引け！　引け！」

討手のひとりが叫びざま反転し、林間を縫《ぬ》うように走って街道に飛び出した。

もうひとりの討手も後じさり、反転して逃げようとした。

「逃がさぬ！」

熊沢が踏み込んで、討手の背後から斬りつけた。

　討手の小袖が、裂袈に裂けた。肩から背にかけて血の線がはしり、ふつふつと血が噴いたが、浅手らしい。

討手は、先に逃げた男につづいて街道へ走り出た。

街道には、五人の武士がいた。田中たち五人の討手である。泉十郎たちと味方四人の闘いの音を耳にし、街道に出てきたらしい。

「今川《いまがわ》、どうした」

田中が、先に逃げてきた男に訊いた。

「せ、瀬山たちだ！　襲ってきた」

今川と呼ばれた男が、声を震わせて叫んだ。顔がひき攣《つ》っている。

「瀬山たちだと！」

「た、多勢だ！　吉村《よしむら》と佐々木《ささき》が、殺《や》られた」

後から逃げてきた男が、恐怖に声を震わせて叫んだ。小袖の背中が、血に染まっている。

林間から、この様子を見た泉十郎が、

「討て！　田中たちを討て！」

と叫び、街道へむかって走った。

すぐに、瀬山たちがつづいた。林のなかに、灌木を分ける音や地表の落葉を踏む音がひびいた。

「引け！　この場は、引け」

田中が叫び、反転して、身をひそめていた街道の右手の林のなかに飛び込んだ。他の討手たちも次々に、林のなかに走り込んだ。

泉十郎たちは、左手の林から街道に走り出た。

熊沢や村西たちが、田中たちの後を追って林のなかに踏み込もうとした。

「追うな！」

泉十郎が声をかけた。

熊沢たちの足がとまり、振り返って泉十郎に目をむけた。

「下手《へた》に追うと、返り討ちに遭う」

逃げた田中たちは七人だった。味方も七人である。泉十郎たちが、有利というわけではなかった。それに、下手に田中たちを追えば、樹陰からいきなり斬りつけられる恐れがあった。

泉十郎たちは、雑木林に踏み込まなかった。逃げる田中たちの足音が、しだいにちいさくなっていく。

6

「峰田《みねだ》、痛むか」

田中が訊いた。

雑木林のなかで、熊沢に斬られた男が、

「かすり傷です」

と、顔をしかめながら言った。峰田という名のようだ。

峰田の肩から腋《わき》にかけて、晒《さらし》が巻いてあった。その晒に、うすく血が滲《にじ》んでいる。

峰田たちがいるのは、中田宿の次の宿場である古河だった。宿場はずれの富沢《とみざわ》屋《や》という旅籠の二階の座敷である。

街道沿いの雑木林のなかで、泉十郎たちに襲われた田中たちは、すぐに街道に出なかった。しばらく、田畑の畔道をたどり、途中目にした古寺の境内に身を隠して時が経つのを待ってから、街道にもどった。そして、暮れ六ツ（午後六時）の鐘が鳴ってから、古河宿に入ったのである。

「敵は、七人か」

田中が念を押すように訊いた。

「はい、街道ではなく、林のなかを通って近くまで来ました」

「きゃつらは、おれたちが林のなかに身を隠して待ち伏せしていたのを、知っていたことになるな。しかも、おれたちが身をひそめていた場所と人数までつかんでいたようだ」

田中が顔をけわしくして言った。

「どういうことだ。おれたちは、瀬山たちよりかなり早く来て、林のなかに身をひそめていたのだぞ。……瀬山たちに分かるはずがない」

伊崎が、声高に言った。

「だが、瀬山たちは知っていた。……おれたちは待ち伏せするどころか、きゃつらの罠に嵌《は》まったのだ」

田中が、憤怒に顔を染めた。

「瀬山たちのなかに、おれたちの跡を尾けた者がいるのか。……藤山《ふじやま》、瀬山たちを見ているな」

伊崎が痩身の武士に目をやって訊いた。

「は、はい、それがし、利根川の渡し場で、瀬山たちが船から下りるのを見ております。まちがいなく七人、おりました」

藤山と呼ばれた武士が、声をつまらせて言った。

「どういうことだ」

伊崎が首をひねった。

「瀬山たち七人の他にも、瀬山たちの仲間がいるということだな。しかも、まったく別行動をとっているらしい」

田中が、低い声で言った。

「何者でしょうか」

藤山が訊いた。

「分からぬ。いずれにしろ、おれたちの動きは、瀬山たちに知れているとみなければなるまい」

田中が渋い顔をして言った。

「このままでは、瀬山たちを斬って国許に持参する書類を奪うどころか、おれたちが皆殺しだぞ」

伊崎が苛立《いらだ》った声をだした。

次に口をひらく者がなく、座敷は重苦しい沈黙につつまれた。

「江戸にもどって、加勢を連れてきたらどうでしょうか」

藤山が沈黙を破って言った。

「江戸にもどる間はない」

田中はそう言った後、男たちに視線をまわし、

「何としても、この七人で、瀬山たちを討つのだ」

と、強い口調で言った。


そのころ、泉十郎たち七人は、古河の先の野木《のぎ》宿の荒船屋《あらふねや》という旅籠にいた。二階の座敷で、夕飯の膳を前にして座っていた。膳には、銚子が載っている。瀬山が宿の者に頼んで、酒をつけてもらったのだ。

「ともかく、酒で昼間の疲れをとってくれ」

瀬山が声をかけ、男たちが酒を飲み始めた。

男たちは酒を酌《く》み交わしながら、田中たちとの闘いのことを話しだした。

「討ち取ったのは、ふたりだけか」

泉十郎が言った。

「吉村と佐々木です」

熊沢が、吉村は先手組で、佐々木は馬役だと話した。

「ふたりとも、沢村に手懐《てなず》けられた者だ」

瀬山が苦々しい顔をした。

「残りは、おれたちと同じ七人だな」

植女が、猪口《ちょこ》を手にしたままつぶやくような声で言った。ひとり、手酌で酒をかたむけている。植女は酒に強く、飲んでも顔色が変わらなかった。

「田中たちは、諦《あきら》めて江戸に帰るかもしれませんよ」

と、矢代。

「いや、きゃつらは、江戸には帰らぬ。おれたちを討たずに帰れば、笑い者になるからな。たとえひとりになっても、おれたちを狙い、持参する書類を奪おうとするはずだ」

瀬山が、一同に視線をやりながら言った。

「おれも、そうみるな」

泉十郎が言い添えた。

「闘いは、どちらかが皆殺しになるまでつづくということだな」

植女が口をはさんだ。

その場にいる男たちの顔がこわばった。猪口を手にする者もなく、座敷は重苦しい沈黙につつまれた。

「ともかく、おれたちは、持参した書類を国許のご城代にお渡しするのだ。後は、ご城代に従えばいい」

瀬山がそう言って、膳の銚子に手を伸ばした。ご城代とは、城代家老の矢崎文左衛門のことである。

7

翌朝、泉十郎たちは宿場が白んできたころ荒船屋を出た。宿場は旅籠から出立する旅人で賑わっていた。駄馬を引く馬子や旅人を乗せた駕籠なども、次の宿場である間々田《ままだ》にむかって野木宿を発っていく。

泉十郎は野木宿から街道に出ると、また斥候として瀬山たちの先にたった。行き交う旅人や街道沿いの樹陰などに目をやりながら歩いたが、田中たちはいなかった。おゆらの姿を目にすることもなかった。

その日、泉十郎たちは間々田、小山《おやま》と歩き、新田《しんでん》宿の茶店で弁当を使った。

「田中たちは、見かけないな」

泉十郎が茶を飲みながら言った。

「おれたちの後ろにいるのではないか」

植女が言った。

「そうかもしれん」

泉十郎も、田中たちは後方にいるような気がした。だが、田中たちは、どこかで泉十郎たちを追い越すだろう。

「しばらく、用心しながら旅をつづけるしかないな」

まだ、石崎藩の国許までは遠かった。

奥州街道の白河《しらかわ》宿を経て、さらに奥州道中を桑折《こおり》宿まで行く。そこから山間の七《しち》ケ宿《しゆく》街道を羽州方面に歩き、羽州街道に出てさらに旅をつづけないと、石崎藩の領内には入れない。途中には、峠《とうげ》や岩場などの難所もある。

茶店を出ると、泉十郎たちは今夜の宿と決めていた石橋《いしばし》宿にむかった。新田宿から石橋宿まで、二里余である。

泉十郎たちは、まだ西の空に陽が残っているうちに、石橋宿に着いた。翌日、早目に宿を発った泉十郎たちは、宇都宮で昼食にした。宇都宮は日光街道でももっとも繁盛《はんじょう》している宿場だった。宇都宮は日光街道と奥州街道だけでなく、他の街道の要所にもなっているのだ。

その日、泉十郎たちは奥州街道の白沢《しらさわ》宿で草鞋を脱いだ。田中たちと街道沿いで闘った後、泉十郎たちは田中たちの姿を目にしていなかった。だが、田中たちも旅をつづけているはずである。

翌朝、泉十郎たちはまだ暗いうちに白沢宿を出た。奥州街道を行き来する旅人の姿は、めっきりすくなくなった。宇都宮までは日光へ向かう旅人がいっしょだが、宇都宮を過ぎると奥州や羽州にむかう旅人に限られるのだ。

白沢宿を出てしばらく歩くと、街道は鬼怒《きぬ》川沿いに出た。流れの音が、絶え間なく聞こえてくる。

街道沿いの杉の樹陰に、旅人がひとり立っていた。だれかを待っているらしい。菅笠をかぶり、木綿《もめん》の半合羽《はんがっぱ》を羽織っていた。脇差を差し、股引《ももひき》に草鞋履きだった。渡世人《とせいにん》のような恰好である。

「向井どの」

旅人が声をかけた。低い声である。

泉十郎は足をとめて、旅人に目をやった。顔は見えないが、まったく覚えのない旅人である。

旅人は泉十郎に歩を寄せてきた。

「おれに、何か用か」

泉十郎が訊いた。

「あたしですよ」

旅人が、小声で言った。女の声である。

「おゆらか！」

おゆらの声だった。前に会ったときと、扮装《いでたち》を変えていた。声音まで、男の声である。合羽を羽織っているので、体の線は分からない。顔は菅笠で隠しているが、頬や顎《あご》のあたりは見える。顔料を塗って、男の肌のように浅黒くしているようだ。

おゆらは同じ恰好だと、田中たちに気付かれると思ったにちがいない。それで、渡世人ふうに変えたようだ。

「そのまま、歩いてください」

おゆらが言った。

「分かった」

泉十郎は街道を歩きだした。

おゆらは、泉十郎の後ろを歩きながら、

「田中たちを、見かけましたよ」

と、声をひそめて言った。

「どちらにむかった」

「北へ」

「先まわりしたのか」

やはり、田中たちは、瀬山たちを狙っている。おそらく、この先どこかで仕掛けてくるだろう。

「それで、田中たちは何人いた」

「七人ですよ」

「おれたちと同数か」

「ひとり、弓を持っている者がいましたよ。……途中の宿場で、調達したようです」

「今度は、飛び道具を遣うつもりか」

厄介だ、と泉十郎は思った。弓なら、街道沿いの物陰に身を隠したまま狙うことができる。これから街道は、山間の峻険《しゅんけん》な地や森林のなかも通る。いくらでも、狙う場所はあるだろう。

「あたしが、向井どのたちの先を歩いて、田中たちがひそんでいる場所をつきとめますよ」

おゆらが小声で言った。

「頼む」

おゆらなら、田中たちの潜伏場所を察知することができるだろう。

「先に行きますよ」

おゆらは、小走りに泉十郎から離れていった。

……頼りになる女だ。

泉十郎は、遠ざかっていくおゆらの背を見ながらつぶやいた。

第三章　急坂の死闘

1

その日の夜、泉十郎たちは奥州街道、白河宿の滝沢屋《たきざわや》という旅籠にいた。奥州街道の白沢宿を出立してから二日後である。白沢から白河まで、およそ十九里ほどの道程だった。

この時代の旅なら、男の健脚で一日十里歩くといわれていたが、途中舟渡しの場や山間のけわしい道もあり、かなりの強行軍だった。泉十郎たちには田中たちに襲われる懸念があり、先を急いだのである。

泉十郎たちは、いつものように宿の湯を使った後、座敷で酒を飲みながら夕餉をとっていた。

「田中たちの姿を見かけないな」

瀬山が男たちに目をやりながら言った。

中田宿を出た後、田中たちに襲われてから、泉十郎たちは田中たちの姿を目にしてなかったのだ。

「先に領内に入ったのでは」

松島が言った。

「いや、田中たちはおれたちを狙っている。旅の途中、どこかで仕掛けてくるはずだ。この先、街道は山間に入る。襲撃するのに、いい場所はいくらでもあるからな」

泉十郎は、田中たちが瀬山たちから書類を奪うのを諦めて、先に領内に入るとは思えなかった。

「向井どのの言うとおりだ。白河を出ると、寂しい山道が多くなる。どこかで、待ち伏せしているとみていいな」

瀬山が顔をひきしめて言った。

白河宿は、幕府の道中奉行管轄《かんかつ》の北限であった。白河から先は、奥州各藩の管理下におかれている。

南部《なんぶ》藩、仙台《せんだい》藩、会津《あいづ》藩、米沢《よねざわ》藩などの諸大名は参勤のおり、白河宿へ出て奥州街道を江戸にむかう道筋をとる。大名の参勤だけでなく、旅人の多くが白河宿を経て江戸を目指したのだ。まさに、白河宿は奥州への玄関口といえる。

そのため、白河宿は賑わっているが、白河を過ぎると奥州街道は旅人の姿もすくなくなり、急に寂しくなるのだ。

「田中たちは、別の手を使ってくるような気がする」

泉十郎が言った。

「別の手とは」

瀬山が訊いた。他の男たちの目が、いっせいに泉十郎にむけられた。

「やはり、飛び道具を遣うな」

「弓か」

「弓だけではないかもしれん」

泉十郎は、おゆらから田中たちが弓を持っていたと聞いた後、瀬山たちに、弓の攻撃があるかもしれない、と話してあったのだ。

「鉄砲を遣うかもしれない」

泉十郎が言った。

田中たちは、旅の途中弓だけでなく鉄砲も調達したかもしれない。街道沿いの集落に住む猟師から、鉄砲を買い求めることもできるはずである。

「鉄砲を遣われると、防ぎようがありませんよ」

松島がこわばった顔で言った。

その場に集まった男たちに、不安の色がひろがった。

「それで、明日から、斥候役をふたりにしてもらいたいのだ」

泉十郎は、後続の瀬山たちに、知らせにもどる者が必要だと思ったのだ。

黙って泉十郎の話を聞いていた植女が、

「おれがやろう」

と、低い声で言った。

「植女に頼む」

泉十郎は、植女だったら頼りになると思った。植女は居合の達者である。突然、敵に襲われたときなど、居合で対応できることがある。

「おれと植女で先を歩き、何か異変があったら、すぐに知らせよう」

泉十郎が言うと、男たちがうなずいた。

「弓や鉄砲で仕掛けるとすれば、崖地か森林のなかではないかな」

瀬山が、街道沿いの樹陰や崖の上から弓や鉄砲で狙われると、防ぐのも難しいし、反撃もできないことを話した。

それから、瀬山たちが、明日からの道筋や途中の地形などを話した。瀬山たちは、参勤で何度か江戸と国許を行き来しているので、街道筋の様子が分かっているのだ。

話が一段落したところで、

「ところで、次の宿は」

泉十郎が訊いた。

「笹川《ささがわ》宿に山室屋《やまむろや》という旅籠がある。そこに、草鞋を脱ぐつもりだ」

瀬山によると、山室屋は参勤のおりに定宿にしているという。

「笹川まで、九里ちかくある。明日は、早目に出立するぞ」

瀬山が男たちに目をやっていた。

その夜、泉十郎たちは早目に床《とこ》に入り、明日にそなえた。

翌朝、白河宿を出ると、泉十郎と植女が斥候として先にたち、街道沿いに目をやりながら歩いた。

だが、田中たちの待ち伏せはもとより、田中たちの姿を目にすることもなかった。笹川宿の途中の宿場で、駕籠かきや茶店の者に訊いてみたが、田中たちのことは知れなかった。泉十郎は街道を歩きながら、おゆらを探したが、その姿を見ることはできなかった。

泉十郎たちが笹川宿の山室屋に着いたのは、陽が西の山脈のむこうに沈むころだった。

それから二日後の夜、泉十郎たちは桑折宿の笹松屋《ささまつや》の二階の座敷にいた。夕餉を済ませた後、瀬山が、

「いよいよ、明日から、七ケ宿街道に入る」

と、顔をひきしめて言った。

桑折宿は、奥州街道と七ケ宿街道の分岐点になっていた。七ケ宿街道と呼ばれたのは、上戸沢《かみとざわ》、下戸沢、渡瀬《わたせ》、関《せき》、滑津《なめつ》、峠田《とうげだ》、湯原《ゆのはら》の七つの宿場があったからである。

七ケ宿街道は、奥州街道と羽州街道を結んでいた。石崎藩に入るには七ケ宿街道を経て、羽州街道へ出なければならない。

「田中たちが襲うとすれば、七ケ宿街道のどこかではないかとみている」

瀬山が言うと、松島や矢代たちが、けわしい顔をしてうなずいた。

七ケ宿街道は険しい峠、川沿いの崖地、身を隠す場所のある荒れ地など、弓や鉄砲などを遣って襲撃しやすい地が何か所もあるという。

瀬山たち石崎藩士は参勤のおり、七ケ宿街道を通っているので、様子が分かっているのだ。

「明朝、早目に発つぞ」

瀬山が男たちを見まわして言った。

2

泉十郎たち七人は、暗いうちに笹松屋を発った。

桑折宿を出て七ケ宿街道に入ると、また泉十郎と植女が一行の先にたった。これまでどおり、ふたりが斥候役をつとめるのだ。

宿場を出ると、街道はすぐに険しい坂道になった。小坂《こさか》峠である。泉十郎と植女は坂道を足早に歩いた。瀬山たちから、すこし間をとって歩くためである。

峠を登ると、街道沿いの民家はとぎれ、眺望がひらけてきた。雄大な蔵王《ざおう》連峰が、街道の前方に聳《そび》えたっている。

ぽつぽつと旅人の姿があった。旅装の武士や商人らしい男にまじって、巡礼、修験者、それに参詣《さんけい》客らしい者もいた。月山《がっさん》、羽黒《はぐろ》山、湯殿《ゆどの》山の出羽三山が近いせいであろう。

泉十郎は、街道沿いの杉の樹陰で、女の巡礼が切り株に腰を下ろして休んでいるのを目にした。その巡礼が、手にした息杖の先をちいさくまわした。

……おゆらだ！

泉十郎は、すぐに気付いた。

おゆらは、男の旅人から巡礼に身を変えたらしい。この辺りは、巡礼もよく目にするので、ひとりで歩いていても不審を抱かれないからだろう。

泉十郎はその場で屈《かが》み、草鞋の紐《ひも》を締めなおすふりをして、

「植女、おゆらだぞ」

と、小声で言った。

「承知している」

植女も、巡礼がおゆらと分かったようだ。

泉十郎と植女が歩きだすと、おゆらが微妙な間をとってついてきた。菅笠をかぶったままである。

「植女の旦那も、いっしょですか」

おゆらが、自分の声で言った。

「ああ」

植女は、気のない返事をした。

「いつ見ても、植女の旦那はいい男だねえ」

そう言って、おゆらが植女に近付いた。

植女は何も言わず、表情も変えなかった。

「今夜あたり、植女の旦那の部屋に忍び込もうかね」

さらに、おゆらが植女に身を寄せた。

「おゆら、植女は駄目だ。女嫌いだからな。……おれのところならいいぞ」

泉十郎が苦笑いを浮かべながら言った。

「植女の旦那は、女嫌いじゃないですよ。江戸で、可愛《かわい》い女《ひと》といっしょに暮らしてるじゃないか」

「おれのことは、もういい。それより、おゆら、何か知れたのか」

植女が訊いた。

「そうそう、旦那たちに知らせておかないと。……昨夜、田中たちも、桑折宿に草鞋を脱いだようですよ」

「七人か」

すぐに、泉十郎が訊いた。

「そうです」

おゆらによると、田中たちは泉十郎たちより、半刻（一時間）ほども早く、桑折宿を出て七ケ宿街道に入ったという。

「飛び道具は」

「弓の他に、鉄砲を持っている者がひとりいましたよ」

「やはり、鉄砲を手に入れたか」

「……」

おゆらが、無言でうなずいた。顔がひき締まっている。泉十郎や植女とふざけた会話をやりとりしたときの浮いた気持ちは、消えたようだ。

「襲うとしたら、この七ケ宿街道のどこかだな」

「あたしも、そうみました」

「崖地か、草原地か、身を隠すところがあって、街道を通る旅人の姿がよく見える場所だな」

泉十郎が言った。弓と鉄砲で狙うなら、視界のひらけた地を選ぶのではあるまいか。森林や樹木の多いところは、林立する木の幹が邪魔になって、街道を通る者を狙うのはむずかしいはずだ。

「先に行って、田中たちが身をひそめている場所をつきとめますよ」

そう言い残し、おゆらは足早に泉十郎から離れた。女ながら、おゆらは男にまけない健脚の主である。

泉十郎たちは、おゆらが遠ざかるのを待ってから足を速めた。

「植女、田中たちが待ち伏せしているのは、鉄砲と弓で狙いやすい場所だぞ」

泉十郎が歩きながら植女に言った。

「そうだな」

植女がうなずいた。

ふたりは、小坂峠を歩きながら崖地や岩場などに目を配った。

だが、何事もなく泉十郎たちは小坂峠を越え、上戸沢の宿場に入った。茶店で、後続の瀬山たちを待って一休みした。

茶店を出ると、泉十郎が瀬山たちに、

「田中たちが襲うなら、この街道のどこかだ」

と、念を押してから、植女とふたりで足を速めた。

七ケ宿街道の最後の宿場は、湯原だった。泉十郎たちは、何事もなく湯原宿に着いた。

「田中たちは、先に領内に入ったかもしれないな」

植女が、つぶやくような声で言った。

「まだ、分からんぞ。あぶないのは、これからだ」

田中たちは、こちらの気のゆるんだときを狙っているのかもしれない。いずれにしろ、石崎藩の領内に入るまで気が抜けないのだ。

湯原宿を出ると、街道は二手に分かれていた。左手の道は羽州街道の米沢《よねざわ》に通じ、右手の道は上山《かみのやま》につづいている。

泉十郎たちは、右手の街道に入った。上山宿から奥州街道を北にしばらく歩けば、石崎藩の領内につづく街道に出られるのだ。

右手の道を進むと、急に険しくなった。金山《かなやま》峠である。峠を越えた先が、出羽国である。金山峠をいっとき歩くと、視界が急にひらけた。街道の左右が、急斜面になっている。杉や檜《ひのき》などの針葉樹はなく、丈のない灌木や隈笹《くまざさ》などに覆《おお》われていた。地肌がむき出しになったところに、岩やごろ石なども、転がっている。

その急斜面の地に出たとき、泉十郎は道の脇の岩陰に巡礼姿のおゆらがいるのを目にとめた。

泉十郎たちは、足を速めておゆらに近付いた。すると、おゆらが立ち上がり、

泉十郎の背後に身を寄せ、

「二町ほど先、坂の上の岩場に」

と、小声で言った。

「鉄砲と弓は」

「岩場に、身をひそめている者が持っているはずです」

「七人ともそこにいるのか」

「分かりません。三、四人、姿を目にしただけです」

「承知した」

「あたしは、側面から攻撃しますよ」

「おゆら、きゃつらに近付くな。手裏剣《しゅりけん》を遣え」

おゆらの剣の腕では、斬り合いになったら後《おく》れを取るだろう。手裏剣なら、田中たちにも後れをとることはないはずだ。

「承知」

おゆらはすぐにその場を離れ、急斜面を登り始めた。田中たちの側面にまわるつもりらしい。

泉十郎と植女は、あらためて斜面の前方に目をやった。丈の低い灌木や雑草などが、生い茂っている。泉十郎たちのいる道は、斜面のなかほどにつづいていた。

……狙うとすれば、上からだな。

泉十郎は、道より上の斜面に目をやった。

斜面の地肌が、剝き出しになったところがあった。大小の岩が転がっている。

……いる！

大きな岩の陰に、人影がかすかに見えた。

ひとりしか見えなかったが、田中たちが近くにいるのではあるまいか。他の岩やすこし離れたところに群生している灌木の陰などにも、ひそんでいそうである。

「植女、身を隠せ」

すぐに、泉十郎は道沿いの樹陰に身を隠し、

「いま、この先の岩場に、人影が見えたぞ」

と、声をひそめて言った。

「おれも見た」

植女は岩場に目をやっていた。双眸が炯々《けいけい》と光っている。

「植女、後続の瀬山どのたちに知らせ、ここまで連れてきてくれんか」

まだ、田中たちに気付かれていなかった。

泉十郎は、引き返すことも考えたが、田中たちの居所が分かったので、闘うのも手だと思った。それに、おゆらは田中たちの側面にまわっているはずである。

「承知した」

植女は、すぐにその場を離れた。

3

「どの辺りだ」

瀬山が泉十郎に訊いた。

矢代たちも、泉十郎のそばに身を寄せていた。

「あそこに、大きな岩がいくつか見えるな。あの岩の陰にひとり、それから、すこし先の松の陰にもひとりいる。他の者も近くにいるはずだ」

泉十郎は、植女がその場を離れ、瀬山たちに知らせにもどった後、枝葉を茂らせた松の若木の陰に、人影があるのを目にしたのだ。

「どうしますか」

松島が瀬山に訊いた。

「このまま、桑折宿まで引き返すか。……だが、引き返しても、ここを通らねば国許には帰れないぞ」

瀬山が、前方の岩場を見すえながら言った。

「ここで、田中たちを討とう」

泉十郎が鼓舞《こぶ》するように言った。

「やりましょう！」

熊沢が言うと、松島たちがいっせいにうなずいた。どの顔もひきしまり、双眸に強いひかりがあった。

「斜面の上から攻められたら、太刀打ちできない。脇と上から攻めよう」

泉十郎が、七人を二手に分けた。

泉十郎、熊沢、松島の三人が脇から、残る四人が斜面の上から攻撃することになった。

「いくぞ」

泉十郎が先にたって、足音をたてないように斜面を登り始めた。脇から攻めるには、田中たちがひそんでいる高さまで斜面を登らなければならない。

泉十郎たちの後に、瀬山たちがつづいた。

泉十郎は、斜面を田中たちがひそんでいる高さまで登ってくると、灌木や岩陰に身を隠しながら横に進んだ。

……いる！

岩陰に三人、松の樹陰にふたり——。五人である。田中たちは総勢七人のはずだが、他のふたりの姿は見えなかった。

岩陰にいるひとりが鉄砲を持っていたが、まだ構えていない。火縄に点火する様子もなかった。すぐには、撃てないだろう。弓を手にしている者の姿は見えなかったが、近くにひそんでいるはずである。

泉十郎たちは、音をたてないようにすこしずつ近付いた。

一方、瀬山たちは斜面の上まで登り、ひそんでいる田中たちの上にまわり込もうとしていた。

岩陰まで、三十間ほどに近付いた。まだ、田中たちは、気付いていない。斜面は地肌が露出し、身を隠す場のないところもあった。そうした場所は、遠回りして物陰をたどるように近付いていく。

岩陰に身をひそめている男が、はっきりと見えてきた。田中の姿があった。他のふたりの名は知らない。三人は、斜面につづく街道に目をやっている。

銃を持った男が、

「まだか」

と、苛立ったような声で言った。

そのときだった。斜面の上で、ガラッ、ガラガラ……、と石の転がる音がした。瀬山たちのひとりが踏んだ丸石が転がりだし、斜面を落ちてくる。

「上だ!」

「瀬山たちがいるぞ!」

田中たちが、叫んだ。

銃を持った男が慌てて銃口を上にむけ、火縄に点火している。他のふたりは、刀を抜いて身構えた。

……まずい!

銃を撃たせてはならない、と泉十郎は思った。

泉十郎は腰を低くして斜面をたどりながら小柄を取り出し、銃を構えた男にむかってはなった。

小柄は、銃を持った男の脇腹に当たった。

ターン、という銃声がひびいた。銃口は、上空をむいている。

「斬り込め！」

瀬山が叫んだ。

ザザザッ、と小石や土砂が斜面を崩れ落ちる音がひびいた。瀬山や植女たちが、斜面を下ってくる。

「いくぞ！」

泉十郎たち三人も、素早い動きで田中たちに迫った。

田中たちと松の樹陰にいたふたりが、刀を手にして身構えた。闘うつもりらしい。

泉十郎たちと瀬山たちが、横と上から田中たちに迫っていく。

ふいに、何かが飛来する音がし、泉十郎から二間ほど離れた地面に矢が突き刺さった。見ると、ふたりの男がひそんでいる松の脇の岩陰に、別の人影があった。そこにも、ふたりいる。ひとりが、弓を手にしていた。

そのとき、弓を手にした男が呻き声を上げ、その場にうずくまった。

……おゆらだ！

おゆらが、弓を手にした男の背後から手裏剣を打ったのだ。

泉十郎は岩陰にいる敵はおゆらにまかせ、田中に近付いていく。

泉十郎は田中に接近し、斬撃の間境に迫ると、
イヤアッ！

裂帛の気合を発し、斜面のために体勢をくずしながら斬り込んだ。

振りかぶりざま袈裟へ。たたきつけるような斬撃だった。

一瞬、田中は身を引いて斬撃をかわしたが、体勢がくずれてよろめいた。足元の土砂が、くずれたのだ。

すかさず、泉十郎は二の太刀をはなった。

ふたたび、袈裟へ——。

切っ先が、田中の肩先をとらえた。小袖が裂け、露出した肌に血の線が浮いたが、かすり傷らしい。

田中は、斜面に尻餅《しりもち》をついた。崩れた土砂といっしょに、田中は斜面をすべり落ちていく。

そのとき、絶叫がひびき、銃を持った男が身をのけぞらせた。植女が一気に男に迫り、抜き打ちの一刀をみまったのだ。

一方、田中は斜面の途中で身を起こし、

「引け！　引け！」

と叫ぶと、そのまま斜面を下った。

岩陰と樹陰にいた四人の男が、滑り落ちるように斜面を下っていく。小石や土砂がくずれ、男たちは土砂塗《まみ》れになっていた。

泉十郎たちも斜面を下ったが、田中たちからはだいぶ遅れた。

田中たちは街道まで下りると、羽州街道にむかって走りだした。この場は、逃げるつもりらしい。

泉十郎たちが街道まで下りてくると、田中たちの姿は遠方にちいさくなっていた。

「逃がしたか」

植女が、田中たちの後ろ姿に目をやりながら言った。

「だが、鉄砲と弓を持った者は討ちとった。これで、きゃつらが、おれたちを襲うことはできまい」

なんとか、石崎藩の領内に入れそうだ、と泉十郎は思った。

4

泉十郎たちは羽州街道を北にむかって歩き、山間につづく脇街道に入った。すでに、陽は西の山脈のむこうに沈み、脇街道は淡い夕闇に染まっている。

「もうすこしだ」

瀬山が励ますように声をかけた。

さらに、山間の街道を歩き、杉や樅《もみ》などの鬱蒼《うっそう》とした針葉樹の森を抜けると、急に視界がひらけた。

眼下に、夕闇にかすんだ平地がひろがっていた。稲作地帯らしい光景である。その田畑のなかほどに、川がゆったりと蛇行《だこう》していた。その川沿いに集落があるらしく、多くの家が見えた。

城下らしい屋敷の集まりは見えなかった。おそらく、眼下の平地を抜けた先に、城下町があるのだろう。

「ここから先が、石崎藩の領内だ」

瀬山がほっとした顔をして言った。他の藩士たちの顔にも、安堵《あんど》の色があった。

それから、泉十郎たちは眼下に見えていた集落を抜け、その先の広大な平地と台地のなかにひろがっている城下に入った。

すでに、辺りは夜陰につつまれ、人影はなかった。北の地を思わせる冷たい夜風が吹いている。

城下に入ると、道沿いに大小の武家屋敷がつづいていた。江戸に比べると小体な屋敷が多く、門構えも簡素な木戸門が多かった。それほど禄《ろく》の高くない家臣が、住んでいる屋敷らしい。

「この辺りは西田《にしだ》町といって、おれたちの屋敷はこの近くにある」

歩きながら、瀬山が話した。

泉十郎たちは瀬山につづいて歩き、通り沿いでは目を引く築地塀《ついじべい》と瓦屋根のついた木戸門の前まで来ると、

「ここが、おれの家だ。今夜は、ここに草鞋を脱いでくれんか。持参した書類をご城代にとどけるのは、明日だ」

瀬山が、泉十郎と植女に話した。

瀬山によると、同行した松島と矢代の家も近くにあるという。熊沢と村西の家

は、隣町にあるそうだ。

「厄介になるか」

泉十郎が言った。すでに、夜は更《ふ》けていたので、野宿する場所を探すのもむずかしい。それに、瀬山の身を守るためにも、そばにいたかった。

「矢代、書類はおれが預かっておく」

瀬山が矢代に言った。

矢代はすぐに打飼をはずし、そのまま瀬山に手渡した。

「明朝、ここに集まってくれ」

そう言って、瀬山は松島、矢代、熊沢、村西の四人をそれぞれの家に帰した。

その夜、瀬山の妻女が、泉十郎と植女に湯漬けをつくってくれ、空腹を満たしてから床についた。

翌朝、泉十郎たちは瀬山家で朝餉を食べ、庭に面した座敷で着替えていると、近所に住む松島と矢代が顔を出した。ふたりは、髭《ひげ》や月代《さかやき》をあたり、すっきりした顔をしていた。衣装も汚れた旅装から、羽織袴に着替えている。

これから、瀬山たちは登城し、城代家老の矢崎文左衛門に会い、江戸から持参した書類を渡し、事情を話すことになっていた。

泉十郎と植女は、瀬山を警固して城の近くまで行くつもりだった。

松島たちが姿を見せて間もなく、熊沢と村西が瀬山家に飛び込んできた。ひどく慌てていた。走ってきたらしく、顔が紅潮し、ハァハァと荒い息を吐いている。

「せ、瀬山さま、大変です！」

熊沢が瀬山の顔を見るなり言った。

「どうした」

「ご、ご城代が、登城途中、何者かに襲われたそうです」

熊沢が目を剝いて言った。

「襲われただと！」

瀬山が息を呑んだ。

「今朝、家の前で徒組の者に聞きました」

熊沢が、口早に話した。

徒組のふたりが、熊沢家の前を血相を変えて通りかかったという。熊沢が話を聞くと、城代家老の矢崎たちの一行が熊岩《くまいわ》の森を通りかかったとき、十数人の頭《ず》巾《きん》で顔を隠した武士が、樹陰から飛び出して襲いかかったそうだ。

熊岩の森とは矢崎家の屋敷近くにある森で、杉や樅の巨木が多く、巨熊を思わせる大岩があることから熊岩の森と呼ばれているという。

「そ、それで、ご城代はどうなったのだ」

瀬山の声は震えを帯びていた。顔から血の気が失せている。思いもしなかった事態に気が動転しているようだ。

「一味の者たちに、連れ去られたそうです」

熊沢が、一味の者は駕籠を用意し、それに矢崎を乗せて連れ去ったらしいと話した。

「馬場たちではあるまいか」

瀬山は、中老の馬場を呼び捨てにした。馬場たちが、矢崎を連れ去ったとみたからであろう。

泉十郎は無言だったが、瀬山と同じように矢崎を連れ去ったのは、馬場が配下の者に命じたのではないかと思った。

「ご城代は、討たれたのではないのだな」

瀬山が念を押すように訊いた。

「連れ去られたと、聞きました」

「ならば、ご城代はいまも生きているはずだ。殺す気なら、その場で斬ったはずだからな」

瀬山が、強い口調で言った。

「ともかく、ご城代の屋敷に行ってみよう」

瀬山は、泉十郎と植女に目をむけ、

「おふたりは、どうされる」

と、訊いた。気が焦っているらしく、歩きだそうとしている。

「行こう」

泉十郎が応えると、植女もうなずいた。

熊沢と村西が先導し、瀬山たちは矢崎の屋敷にむかった。

武家屋敷のつづく西田町を抜けると、樅や杉などが茂った森になった。熊岩の森と呼ばれる地らしい。

熊岩の森のなかは、薄暗く鬱蒼としていた。樅や杉の巨木の枝葉が、空をおおっている。その名のとおり、巨熊でも棲《す》んでいそうである。

森を抜けると、平地がつづき、通り沿いには武家屋敷がつづいていた。ひろい敷地を有する屋敷が多く、築地塀でかこわれた大きな屋敷が多かった。高禄の藩士の住む屋敷であろう。

熊沢と村西が堅牢な表門の前に足をとめ、

「ご城代の屋敷です」

熊沢が言った。

門扉はとじられていたが、脇のくぐりがあいていた。屋敷内が、ざわついていた。何人もの男のうわずった声や慌ただしく床を踏む音などが聞こえた。

「入ってみよう」

瀬山と熊沢たちにつづいて、泉十郎と植女もくぐりから入った。

屋敷の玄関先に、四、五人の武士が集まっていた。いずれも顔色を変え、うわずった声で何か言い合っている。

ふたりの武士が瀬山たちの姿を見て、駆け寄ってきた。

「どうした、青野《あおの》」

瀬山が訊いた。

「ご、ご城代が、襲われ、駕籠で連れ去られました」

青野と呼ばれた武士が、声を震わせて言った。

後で分かったことだが、青野は矢崎に仕える家士だった。矢崎の登城に従ったひとりらしい。

「ご城代を襲ったのは、何者だ」

さらに、瀬山が訊いた。

「分かりません。熊岩の森を通りかかったところ、頭巾で顔を隠した十人ほどの武士が、木の陰からいきなり飛び出してきて……」

青野によると、川谷《かわや》という家士と中間ふたりが斬り殺され、馬上の矢崎は襲った武士たちに引き摺り下ろされたという。

「そのまま、ご城代は駕籠に乗せられて、連れ去られたのです」

青野が言った。

「何者か分からないのだな」

瀬山が、もう一度念を押した。

「わ、分かりません」

青野がひき攣ったような顔をして言った。

5

その日、陽が西の空にかたむいたころ、勘定奉行の林田孫兵衛《はやしだまごべえ》と側用人の篠《しの》山憲三郎《やまのりさぶろう》が瀬山を訪ねてきた。

林田と篠山は、矢崎に与する重臣であった。矢崎が登城のおり、何者かに連れ去られたことを知り、国許にもどった瀬山の許に相談に来たらしい。

瀬山は泉十郎を同席させ、

「向井どのは、江戸の内藤さまと昵懇《じっこん》にされている方で、此度もわれらを守って国許まで来ていただいたのです」

と紹介し、旅の途中で、田中たちに何度も襲われ、その都度助けてもらったことを言い添えた。

泉十郎は、「幕臣の向井泉十郎でござる」と名乗っただけで、御庭番であることは黙っていた。

「かたじけのうござる」

林田が言い、篠山とふたりで泉十郎に頭を下げた。

「われらは、楢崎屋と沢村や馬場がかかわった、多額の金の流れをあきらかにするための書類と、内藤さまの上申書を江戸から持参し、今日にも、ご城代の矢崎さまにお渡しするつもりだったのです」

瀬山が残念そうに言った。

「あるいは、そのことを知った馬場が、ご城代を人質にとったのかもしれんぞ」

林田が、顔に怒りの色を浮かべた。

「わしも、そう思う。馬場は、楢崎屋との癒着と不正が露見するのを恐れたのだ。それで、ご城代がその書類と上申書を持って、殿に会われるのを阻止《そし》しようとしたにちがいない」

篠山が言った。

林田と篠山は、馬場を呼び捨てにした。矢崎を連れ去ったのは、馬場にちがいないと思っているからだろう。

「篠山さまから、殿にお話ししていただくわけにはまいりませんか」

瀬山が訊いた。側用人の篠山なら、藩主の藤堂に会って話せるのではないかと思ったようだ。

「そ、それは、できん。……わしは、そのような立場ではないし、わしが出過ぎた真似《まね》をすれば、中老の馬場は、わしのことを、国許にいる側用人が江戸の蔵元のことが分かるはずはない、と殿に訴えよう」

篠山が声をつまらせて言った。

「……」

瀬山は口をつぐんだ。

「それにな、ご城代は人質にとられているのではないか。わしが、そのようなことをすれば、ご城代の命はないかもしれない」

「仰《おお》せのとおりです」

瀬山が力なく肩を落とした。

そのとき、黙って話を聞いていた泉十郎が、

「それがしも、お訊きしたいことがあるのですが」

と、篠山に目をむけて言った。

「なんでござろう」

「矢崎さまは、今日、登城されなかったはずだが、伊勢守さまにはどのように申し上げてあるのです」

矢崎家の者が登城し、攫《さら》われたとは言えないだろう、と泉十郎は思った。

「馬場が殿に、ご城代は急病らしい、と話したようだ」

篠山が顔をしかめて言った。

「馬場が配下の者に命じて、ご城代を連れ去ったとすれば、監禁場所がどこかあるはずです。監禁場所はどこか、心当たりはありませんか」

さらに、泉十郎が訊いた。

「心当たりは、ござらぬ」

篠山が言うと、

「わしも、ない」

林田が力なく言って、視線を膝先に落とした。

座敷が重苦しい沈黙につつまれると、

「ともかく、ご城代が監禁されている場所をつきとめて助け出すしかない」

瀬山が言った。

「そうだな」

林田が顔をけわしくしてうなずいた。

それから、小半刻（三十分）ほど話して林田と篠山が帰ると、泉十郎が別の座敷にいた植女を呼び、さらに三人で話した。

泉十郎は、林田たちとの話の内容をかいつまんで話した後、

「ご城代の監禁場所は、馬場家の屋敷内ではないか」

と、瀬山に訊いた。

「それはないと思うが……」

瀬山は語尾を濁《にご》した。断定できないらしい。

「おれたちが、ひそかに馬場家の屋敷内を探ってみる。屋敷がどこにあるか、教えてくれないか」

泉十郎は、おゆらに頼んで馬場の屋敷を探ってもらおう、と思った。こうしたことは、おゆらのもっとも得意とすることである。

「明日にも、矢代に連絡をとって案内させよう」

「もうひとつ手がある」

泉十郎が言った。

「江戸からの道中で、おれたちを襲った田中たちが、領内の家にもどっているはずだが、そのうちのひとりを捕らえて白状させれば、だれがご城代を襲って、どこに監禁しているかもはっきりするのではないかな」

「そのとおりだ」

瀬山が言った。

「そやつらの家も教えてもらえれば、おれたちで捕らえて白状させてもいい」

「分かった。矢代だけでなく、熊沢と村西もここに呼ぼう」

瀬山が声を大きくして言った。

6

「金山峠で逃げたのは、五人だったな」

泉十郎が言った。

金山峠で泉十郎たちを待ち伏せしていたのは七人だったが、そのうちひとりは植女に斬られ、もうひとりはおゆらの手裏剣を浴びた。

そこは、瀬山家の庭に面した座敷だった。泉十郎、植女、瀬山、熊沢、村西、矢代、松島の七人が顔をそろえていた。瀬山が下男に命じて、熊沢たちを屋敷に呼び集めたのである。

「はい、田中と伊崎、それに今川、藤山、北川《きたがわ》です」

矢代が言った。

「五人は、それぞれの家に帰っているのか」

さらに、泉十郎が訊いた。

「はっきりしないが、帰っているのではないかな。まだ、江戸にもどったとは思えないからな」

瀬山が男たちに目をやって言った。

「五人のうちのひとりを捕らえて、ご城代が監禁されているところを吐かせたいのだが、だれがいいかな」

泉十郎は、田中と伊崎が討手の頭格で、腕がたつことは承知していたが、他の三人は街道筋で闘ったとき顔を見ただけで、名も身分も知らなかった。

「藤山がいいかもしれん」

瀬山によると、藤山は田中と同じ先手組で、組頭の田中の配下だという。

「藤山を捕らえよう。だれか、藤山の家を教えてくれ」

泉十郎が言った。

「それがしが」

熊沢につづいて、村西、矢代、松島の三人も、いっしょに行くと言いだした。

「いや、大勢で行くのはまずい。ここを手薄にしておくことはできないのだ。ご城代のこともあるが、もうひとつ懸念がある。……瀬山どのだ」

そう言って、泉十郎が瀬山に目をやった。

「おれか」

瀬山が戸惑《とまど》うような顔をした。

「馬場や田中たちは、瀬山どのも狙っているのではないかな」

「おれは、持参した書類をご城代にお渡しすれば用が済み、江戸に帰る身だ。おれを狙うとは、思えんが……」

「狙っているのは、その書類だろう。馬場と田中は、その書類を何としても奪いたいはずだ」

泉十郎が言った。瀬山たちが国許にむかうおり、田中たちが執拗《しつよう》に襲ったのも書類を奪うためではなかったか。

「だが、だれが書類を持っているか分かるまい。……ご城代にはお会いしてないが、昨日は林田さまと篠山さまとも会っている。そのことは、馬場の耳にも入っているはずだ。馬場は、書類が林田さまたちに渡されたとみているかもしれない」

「馬場は、おれたちと同じことを考えるのではないかな。書類がどこにあるにせよ、瀬山どのなら知っている。瀬山どのが所持していなければ、どこにあるか吐かせればいいと」

田中たちは、矢崎と同じように瀬山を襲って拉致《らち》するかもしれない。

「うむ……」

瀬山の顔がけわしくなった、

「おれも、そうみるな。それに、瀬山どのの居所は、はっきりしている。田中たちは、この屋敷を襲うのではないか」

植女が抑揚のない声で言った。

熊沢たち四人は、無言のまま虚空を睨《にら》むように見すえている。

「いずれにしろ、瀬山どのを守るには、手が足《た》りない。瀬山どの、何人か集められないか。おれたちが、ここを離れる日だけでもいいが」

瀬山家に、何人もの藩士をとどめておいて警固をさせるのは無理だろう。

「四、五人なら」

瀬山が、明日にも声をかけて国許の下目付の者を集めるという。

石崎藩の場合、大目付は徒目付と下目付を支配していた。ただ、徒目付は徒組の者から出ているので、勝手に動かせないという。

「おれたちも、二手に分かれよう」

藤山を捕らえに、泉十郎、植女、矢代の三人がむかい、瀬山家の警固に熊沢、松島、村西があたったらどうか、と泉十郎が話した。

「この家の警固は、下目付の者が四、五人いれば、なんとかなるのではないか」

瀬山が言った。

「いや、田中たちは、この屋敷におれたちもいる、とみているはずだ。それなりの戦力で踏み込んでくるだろう。用心に越したことはない。それに、藤山ひとりを捕らえるなら、おれたち三人で十分だ」

泉十郎が言うと、植女と矢代がうなずいた。

「それで、いつやるのだ」

瀬山が男たちに視線をやって訊いた。

「明後日――」

泉十郎は、明日のうちに藤山の家を見ておき、明後日の夕暮れ時にでも襲おうと思った。瀬山の話では、明日にも下目付の者を集めるというので、明後日なら瀬山家が手薄になることもない。

「承知した」

瀬山が言うと、松島たち四人がうなずいた。

翌朝、瀬山家に矢代が姿を見せると、泉十郎と植女は羽織袴姿で瀬山家を出た。あえて、笠をかぶって顔を隠さなかった。目立たないように、矢代と同じ恰好をしたのである。五ツ（午前八時）を過ぎていた。陽は東の山脈から顔を出している。武家屋敷のつづく、西田町の通りはひっそりして、人影はすくなかった。ときおり、供連れの武士や中間らしい男が足早に通り過ぎていくだけである。

すでに、藩士たちの多くは登城したり、任務地に着いたりしているのだろう。

矢代が先にたち、泉十郎と植女はすこし間をとって歩いた。いっしょに歩くと、矢代が顔見知りと会ったとき、泉十郎たちのことを訊かれる懸念《けねん》があったからだ。

矢代たちは、西田町のはずれまで来て足をとめた。

「あの家です」

矢代が通りの三十間ほど先にある家を指差した。

瓦屋根だが、小体な家だった。脇と裏手だけ、丈の低い板塀でかこってある。

小禄なのだろう。家の前は、畑になっていた。野菜を作っているらしい。

もっとも、藤山の家だけではなかった。通り沿いにある家の多くが、周囲に畑があり家人が野菜などを作っているようだ。

「藤山は、いるかな」

泉十郎は、藤山が家にいるかどうか確かめておきたかった。

「斜向かいの家の近くまで行ってみますか」

矢代が言った。

藤山の家の前まで行くのは危険である。藤山は、泉十郎たちのことを知っているはずだ。姿を見られたら、様子を探りにきたと気付くだろう。

泉十郎たちは、斜向かいにある家の板塀の陰に身を寄せた。

辺りが静かなせいか、脇の家からはむろんのこと、藤山の家からも話し声や物音が聞こえてきた。

藤山の家から聞こえたのは、男女の声だった。夫婦で話しているらしい。男の声はくぐもっていたので、藤山かどうかはっきりしなかった。

いっとき聞いていると、男が藤山であることが分かった。女が、江戸での暮しを訊いたからである。

「藤山は、いるようだ」

泉十郎が小声で言うと、植女と矢代がうなずいた。

すぐに、三人はその場を離れた。藤山を捕らえるのは、明日の夕方である。

7

翌日、陽が西の山脈のむこうに沈み、辺りが夕闇に染まってから、泉十郎たち三人は瀬山家を出た。

「藤山は、おれにやらせてくれ」

植女が抑揚のない声で言った。

「生け捕りにするのだぞ」

泉十郎は、植女の居合は峰打ちに適さないとみていた。峰打ちは、刀身を峰に返して打たねばならない。居合の抜刀体勢をとり、刀身を峰に返して抜くのはむずかしいはずである。

「分かっている。……おれの居合は、抜いたままでも遣える」

植女が当然のことのように言った。夕闇に浮き上がった植女の白皙は、いつものように無表情だった。

「それなら、植女に頼む」

泉十郎は、植女にまかせようと思った。

三人は、昨日藤山家の様子をうかがった板塀の陰まで来ると、いったん身を隠し、藤山家に目をやった。

戸口から灯が洩《も》れていた。かすかに話し声が聞こえる。聞き覚えのある声だった。藤山と妻女らしい。

「いるようだ」

泉十郎が小声で言った。

「踏み込むか」

植女が低い声で言った。細い双眸が、闇のなかで青白くひかっている。獲物《えもの》を見つめる野獣のような目である。

通りに、人影はなかった。付近の家々には灯の色があったが、藤山家からは離れている。

「よし、行こう」

泉十郎たちは、板塀の陰から離れて路地に出た。

三人は足音を忍ばせて、藤山家の戸口に近付いた。板戸はしまっていたが、戸の脇から一条のひかりが洩れていた。すこしあいたままになっている。戸締まりはしてないようだ。

「あけるぞ」

泉十郎が板戸を引いた。

戸はすぐにあいた。土間があり、その先が板間になっていた。板間のつづきの座敷に、ふたり座していた。藤山と妻女らしい。

藤山の膝先に箱膳が置いてあった。夕餉を食べていたようだ。

泉十郎たち三人は、土間に踏み込んだ。植女は左手で鍔元を握って鯉口《こいぐち》を切り、右手を柄に添えた。居合の抜刀体勢をとったのである。

「何やつ！」

藤山が声を上げ、素早く立ち上がった。

土間の辺りは暗く、泉十郎たちの顔がはっきりしなかったらしい。

「藤山、おとなしくしろ」

泉十郎が声をかけ、右手で刀の柄を握った。

「矢代たちか！」

叫びざま、藤山は座敷の隅の刀掛にあった大刀を手にした。

植女は板間に踏み込むと、抜刀をして刀身を峰に返した。そして、素早く脇構えにとった。

すかさず、泉十郎も刀を抜き、板間に上がって右手にまわった。そこに裏手へつづく廊下があったので、藤山が裏手へ逃げるのを防ごうとしたのだ。

藤山が刀を抜き、

「おのれ！」

叫びざま、眼前に迫ってきた植女に、斬りつけようとして刀を振り上げた。

刹那、裂帛の気合と同時に、植女の体が躍動した。次の瞬間、行灯《あんどん》の灯を映じた刀身が赤い稲妻のように横一文字にはしった。

迅《はや》い！

植女が脇構えから、刀身を横に払ったのだ。居合と同じ、一瞬の太刀捌きである。

ドスッ、という皮肉を打つにぶい音がし、藤山の上半身が前にかしいだ。峰打ちが腹を強打したのだ。

藤山は腹を押さえて、その場にうずくまった。苦しげな呻き声を上げている。

ヒイイッ！

妻女が喉を裂くような悲鳴を上げ、躄《いざ》って座敷の隅に逃げた。

植女は妻女にはかまわず、

「動くな！」

と声を上げ、切っ先を藤山の喉元につきつけた。

そこへ、泉十郎と矢代が走り寄り、用意した細引《ほそびき》で藤山の両腕を後ろにとって縛りあげた。

「猿轡《さるぐつわ》をかませるぞ」

泉十郎は懐から手ぬぐいを出し、藤山に猿轡をかました。騒ぎたてないよう、口をふさいだのである。

「藤山の連れ合いだな」

泉十郎が、座敷の隅で震えている妻らしい女に訊いた。

「……！」

女は声が出なかった。顔を恐怖でひき攣らせ、うなずいただけである。

「われらは、目付筋の者だ。藤山は、家中の者と喧嘩をした科《とが》で捕らえた」

泉十郎がそう言い置き、植女たちと藤山を連れて戸口に足をむけた。

すこしの間でも、藤山がだれに連れていかれたか、田中たちに知れないように目付筋と名乗ったのである。

泉十郎たちは、捕らえた藤山を瀬山家に連れていった。

戸口に迎えに出た瀬山が、連行されてきた藤山を見て、

「さすが、向井どのたちだ」

と、感心したように声をかけた後、「すぐに、藤山から話を聞きたい」と言い添えた。泉十郎たちは藤山を屋敷に上げず、そのまま瀬山家の裏手にあった土蔵へ連れ込んだ。土蔵のなかは深い闇にとざされ、埃《ほこり》と黴《かび》の臭いがした。

「いま、灯を持ってくる」

瀬山が、家から燭台を持ってきて火を点けた。

土蔵のなかには、古い家具や長持ちなどが積まれていた。ふだん、あまり出入りしないらしく、埃が積もっている。

8

燭台の灯に、泉十郎たちの顔が浮かび上がっていた。双眸が灯を映じ、熾火《おきび》の

ようにひかっている。

藤山の前に立った瀬山が、

「猿轡をとってくれ」

と、矢代に声をかけた。瀬山が藤山を訊問《じんもん》することになったのだ。

すぐに、矢代が藤山の後ろにまわって猿轡をとった。

「お、おれを、どうしようというのだ」

藤山が声を震わせて訊いた。顔は土気色をし、視線は落ち着きなく揺れている。

「どうするかは、おまえしだいだ」

「……！」

「おまえたちに、討手を命じたのは、だれだ」

瀬山が訊いた。

「し、知らぬ」

「おまえの一存で、田中たちにくわわったのか」

「……」

藤山は口をとじたままだった。

「上司に命じられ、やむなく討手にくわわったというなら殿の温情もあろうが、己の一存で、勝手に勤番の江戸を離れ、われらを襲ったとなると、罪は重いな。藤山家はつぶされ、切腹も許されず、斬首ということになろうな」

瀬山が、大目付らしい強いひびきのある声で言った。

藤山の顔から血の気が引き、体の顫《ふる》えが激しくなった。

「藤山、おまえの一存で、おれたちを襲ったということでいいのだな」

「ち、ちがう」

藤山が声を震わせて言った。

「だれかに命じられ、やむなく討手にくわわったのか」

「そうだ……」

藤山の肩ががっくりと落ちた。

「組頭の田中の命にしたがったのか」

「……」

藤山がうなずいた。

「熊岩の森で、ご城代を襲った一味にもくわわったのか」

「た、田中さまに命じられて……」

藤山がうなだれたまま言った。

「襲った一味は、江戸から国許に入った田中たち五人の他に何人くわわったのだ」

「他に五人……」

「総勢十人か。それで、田中たちの他に、だれがいた」

さらに、瀬山が訊いた。

「先手組の山室《やまむろ》さまと、右筆《ゆうひつ》の中野《なかの》さま……。それに、名は知りませんが、山室さまが連れてきた先手組の者かと」

「やはり、山室がいたか」

山室は先手組の物頭だった。

石崎藩の場合、先手組は物頭、組頭、組子の順に組織されていた。ただ、物頭は五人いて、国許に三人、江戸にふたりいる。瀬山によると、山室は馬場に与しているひとりで、腕がたつという。

田中は先手組の組頭だったので、山室の配下ということになる。ただ、田中は江戸勤番だったので、直接山室の指図を受けていたわけではないだろう。

また、右筆は藩主や重臣に従って文書を扱い、配下に書役がいた。中野は馬場についている右筆だという。

「それで、ご城代を駕籠に乗せて、どこへ連れていったのだ」

瀬山が声をあらためて訊いた。

「馬場さまのお屋敷に……」

「やはり、馬場の屋敷か。すると、いまもご城代は、馬場の屋敷に監禁されているのだな」

「いまは、いないはずだが……」

藤山が語尾を濁した。

「いないと。では、どこにいるのだ」

瀬山が藤山を見すえて訊いた。

「し、知らない」

「知らないだと。攫った者たちが知らないのか」

瀬山が語気を強めた。

「おれと北川は、ご城代を馬場さまのお屋敷に連れていった後、すぐに帰ったが、田中さまや山室さまが、暗くなったら別の場所に移すと言っていたのだ」

「別の場所とは、どこだ」

「おれたちは、聞いていない」

「心当たりはないのか」

「……」

藤山は首をひねった。

すると、瀬山が顔をしかめ、

「馬場家に残った者か、馬場家の者なら知っているな」

と、念を押すように訊いた。

「知っているはずだ」

「そうか」

藤山が口をつぐむと、

「ところで、田中や山室たちだが、瀬山どのの屋敷を襲うような話はしていなかったか」

脇から、泉十郎が訊いた。

「襲うかどうか分からないが、このままにしておけない、とは口にしていた」

藤山が小声で言った。

「うむ……」

泉十郎は、藤山が連れ去られたことを田中たちが知れば、すぐにも瀬山家を襲うのではないかと思った。

第四章　竜谷荘《りゅうこくそう》

1

満天の星だった。弦月《げんげつ》が頭上でかがやいている。風のない静かな夜だった。どこかで、蟋蟀《コオロギ》が鳴いていた。物寂しい鳴き声である。

おゆらは築地塀の陰に身を寄せ、耳をたてて屋敷内の物音を聞いていた。五ツ(午後八時)前だった。まだ、起きている者が多いらしく、屋敷内のあちこちから人声や物音が聞こえてきた。

おゆらは、忍び装束《しょうぞく》に身をかためていた。柿色の装束は闇に溶け、近くを通りかかっても、気配を消していれば気付かれないだろう。

そこは、中老、馬場源兵衛の屋敷だった。おゆらは屋敷内に侵入し、城代家老の矢崎文左衛門が監禁されている場所を探るつもりでいた。

昨日の夜、おゆらは瀬山の屋敷にいる泉十郎と会って、その後の様子を聞いたおり、

「おゆら、矢崎さまが監禁されている場所をつきとめてくれんか」

と、泉十郎に頼まれた。

そのとき、泉十郎が、馬場や馬場家の屋敷に出入りしている田中、山室、中野の三人なら、知っているはずだ、と言い添えたのだ。

泉十郎から話を聞いたおゆらは、馬場の屋敷に忍び込み、馬場たちの会話を盗聴すれば、矢崎の監禁場所が知れるのではないかとみたのである。

おゆらが、家人の寝静まった深夜ではなく、まだ起きているときに侵入しようとしたのは、馬場や田中たちの話を聞きとろうとしたからだ。

築地塀付近から、物音も人声も聞こえなかった。

……近くにだれもいないようだ。

と、おゆらはみた。

おゆらは、築地塀を前にして立つと、忍刀を塀に立て掛け、刀に結んである紐の先を手にした。

おゆらは、爪先《つまさき》を忍刀の鍔にかけて跳躍した。おゆらの忍び装束が、夜陰のなかに翻《ひるがえ》った。次の瞬間、おゆらは築地塀の屋根瓦の上に立っていた。着地したとき、わずかな音がしただけである。

おゆらは手にした紐を引き上げ、忍刀を手にすると、ふたたび腰に帯びた。そして、築地塀の内側に飛び下りた。

そこは、母屋《おもや》の前の庭だった。なかなか手の込んだ庭である。山水を模した庭石と池があり、松、山紅葉、梅などが巧みに配置されていた。

その庭の先に母屋があり、庭に面した縁側の奥の座敷にだれかいるらしく、障子が明らんでいた。談笑の声が聞こえる。何人かの男が、話しているようだ。

おゆらは忍び足で縁側に近付いた。まったく音をたてない。庭で鳴いている虫たちも、ほとんど鳴きやまなかった。

おゆらは縁側の脇の戸袋の陰に身を寄せて、聞き耳をたてた。座敷からの声がはっきりと聞こえてきた。

数人の武士が話しているようだ。酒を飲んでいるらしく、酒を勧める声や瀬戸物の触れ合うような音が耳にとどいた。

男たちの会話で、座敷にいるのは、馬場、田中、山室、中野であることが知れた。会話のなかで、相手の身分や名を口にしたからである。

……ご城代が登城しないことで、殿は何かおっしゃられていましたか。

中野が訊いた。

おゆらは、話を聞いているうちに、声からだれであるか分かるようになってきた。

「……殿は気にされていたが、わしが、城代は病《やまい》だと話したのでな。病状を訊かれるだけだ。いまのところ懸念はないが、そう長くはつづかぬぞ」

馬場が言った。

「……この先、どうされますか」

山室が訊いた。

「……まず、江戸から持ち込んだ書類を破棄《はき》し、瀬山たちを始末することだな。その後、城代は病のため、お亡くなりになった、とわしから殿に申し上げるつもりでいる。それで、すべてがうまくいくはずだ」

馬場の声には、自信に満ちたひびきがあった。

「……それはいい」

田中が言った。田中の声にも、余裕が感じられた。

それから、馬場たちは矢崎に与する者たちの動きや、江戸からもどった瀬山たちのことを話題にした。

「田中、江戸から国許にもどったのは、七人と聞いているが」

馬場が、声をあらためて田中に訊いた。

「……七人ですが、そのうちふたりは、家中の者ではございません。

田中が言った。
「……何者なのだ。」
……それが、はっきりしません。名も、身分もまったく分からないのです。
……それに、ふたりは、遣い手です。
……いったい何者であろうな。
……それに、ふたりと別に、手裏剣の巧みな者もおりました。
……どういうことだ。
馬場が訊いた。
……幕府の隠密かもしれません。
山室が口をはさんだ。
……隠密とな。
馬場が驚いたような声で言った。
……幕府には、御庭番と称する隠密がいると聞いた覚えがございます。
……なぜ、御庭番が瀬山たちに味方して、領内まで旅をしてきたのだ。
馬場の声に、苛立ったようなひびきがくわわった。
……それがしにも、分かりません。

山室が低い声で言った。

次に口をひらく者がなく、座敷からは溜《た》め息や瀬戸物の触れ合う音だけが聞こえていたが、

……ご家老、そやつらもいっしょに討つしか、手はございません。

田中が語気を強くして言った。

……そうだな。そやつらは、いま、どこにいるのだ。

馬場が訊いた。

……瀬山家のようです。

……ならば、瀬山といっしょに始末してしまえ。書類も、瀬山が所持しているかもしれないから、家捜ししろ。

……心得ました。

また、座敷が沈黙につつまれたが、

……ところで、竜谷荘《りゅうこくそう》の様子はどうです。

田中が声をあらためて訊いた。

……城代はおとなしくしている。……いまのところ、何の懸念もない。だれも、気付いていないようだからな。

馬場が言った。声から、苛立ったようなひびきが消えている。

おゆらは、城代家老の矢崎は、竜谷荘にとじこめられている、と察知した。だが、竜谷荘がどんな建物で、どこにあるか分からなかった。

それから、四人は藩主の伊勢守や城代家老の矢崎に与する者たちのことなどを話しだした。

おゆらは、その場を離れると、侵入した経路をたどって屋敷の外に出た。今夜のうちに、泉十郎に知らせておこうと思った。

2

泉十郎は、冷たい風に顔を撫《な》ぜられて目を覚《さ》ました。濡れ縁側の障子が、すこしあいている。

泉十郎は、障子のむこうに人の気配があるのを察知した。動かずに、凝《じっ》としている。座敷にいる者に、障子の隙間風で、そこにいることを知らせているのだ。忍びらしい。

……おゆらか!

泉十郎が身を起こした。

すると、脇に寝ていた植女が、

「おゆらどのらしいな」

と、小声で言った。植女も夜風で目が覚め、障子のむこうにおゆらがいるのを察知したようだ。

ふたりは立ち上がり、寝間着のまま障子をあけて濡れ縁に出た。濡れ縁に月光が射し、おゆらの忍び装束をぼんやり浮かび上がらせていた。すぐ近くの縁の下で、蟋蟀が鳴いている。

「おゆら、何か知れたようだな」

泉十郎が声をかけた。

「知れました」

「話してくれ」

「馬場の屋敷に、田中、山室、中野の三人が来てました」

そう前置きし、おゆらが馬場の屋敷で耳にしたことをかいつまんで話し、

「田中たちが、この屋敷に踏み込み、瀬山さまだけでなく、向井どのと植女どのも討つつもりのようですよ」

と、言い添えた。

「おれたちが、ここにいることを知っているのだな」

「知ってます」

「それで、踏み込んでくるのは、いつだ」

泉十郎が訊いた。

「いつかは、分かりませんが、すぐにも踏み込んでくるような口振りでしたよ」

「おれたちがいることを知ってのうえで、踏み込んでくるとなると、相当の人数でくるぞ」

植女が目をひからせて言った。

「こちらも、手を打っておかねばならないな。……おれたちは、いざとなれば逃げてもいいが、瀬山どのは家族を置いて逃げられまい」

瀬山家には、瀬山の妻のうめ、老母、それに元服《げんぷく》を終えたばかりの嫡男《ちゃくなん》と八歳の長女がいた。泉十郎たちが屋敷内にいるときは、奥の座敷にいることが多かった。田中たちが多勢で踏み込んできたら、瀬山は家族を置いて逃げられないだろう。

これまで、瀬山は家族を国許に残して、江戸に赴任《ふにん》していたのだ。

「明日にも、瀬山どのに話しておこう」

泉十郎が言った。

「それから、連れ去られたご城代のことも、知れました」

「知れたか」

思わず、泉十郎が身を乗り出した。

「竜谷荘と呼ばれるところにいるようですよ」

「竜谷荘とは、何だ。旅籠か」

「分かりませんね。馬場たちの口振りでは、竜谷荘と呼ばれるところに、ご城代は監禁されているようですよ」

「瀬山どのに訊けば、分かるかもしれないな」

泉十郎は明朝にも、瀬山に訊いてみようと思った。

「あたしが、探ったのはそれだけ」

そう言い残し、おゆらがその場から去ろうとすると、

「おゆら、油断するなよ。田中も山室も腕がたつようだ」

泉十郎が念を押すように言った。

「向井どのと植女どのも、油断しないようにね」

おゆらは植女に意味あり気な視線を送ってから、濡れ縁から庭先に飛び下りた。そして、忍び足でその場を離れ、深い夜陰のなかに姿を消した。

翌朝、泉十郎と植女は、朝餉を終えてから縁側に面した座敷で瀬山と顔を合わせると、

「瀬山どの、竜谷荘を知っているか」

すぐに、泉十郎が訊いた。

「竜谷荘……。竜谷川なら知っているが」

瀬山によると、領内の東方に双子山《ふたごやま》と呼ばれる高い山があり、その山から流れ出している川が、竜谷川と呼ばれているそうだ。竜谷川のいわれは、深い渓谷《けいこく》になっていて蛇行した流れが竜を思わせることから、竜谷川と呼ばれるようになったとか。

「竜谷荘が、どうしたのだ」

瀬山が訊いた。

「竜谷荘に、ご城代は監禁されているのではないかと思ってな」

「どういうことだ」

瀬山は首をひねった。事情が飲み込めないらしい。

「い、いや、通りすがりの者が、竜谷荘のことを話していてな。……奥深いところで、滅多に城下の者も近寄らない、と耳にし、もしや、と思ったのだ」

泉十郎は、言葉につまった。おゆらのことを口にできなかったので、苦しい作り話になってしまった。

「捕らえてある藤山なら、知っているかもしれんぞ」

瀬山は立ち上がろうとした。

「待て、その前に、おぬしに話しておくことがある」

慌てて、泉十郎が言った。

「なんだ」

瀬山が座りなおした。

「おれは、田中たちが、ここに押し入ってくるような気がしてならぬ。おれたちは、いざとなったら逃げればいいが、奥におられるご家族の方は、どうなる。……田中たちが、見逃してくれると思うか」

泉十郎が強い口調で言った。

「そ、それは……」

瀬山も、言葉につまった。顔を憂慮《ゆうりよ》の翳《かげ》がおおっている。

「おれたちは、とやかく言える立場ではないが……。瀬山どの、何日かご家族を親戚か知り合いのところに預けておくことはできないかな。おれたちと瀬山どのが、ここを出る手もあるが……」

「うむ……」

瀬山はいっとき虚空に視線をとめて黙考していたが、

「叔父のところで、預かってもらおう」

瀬山によると、叔父も矢崎に与しているひとりで、武具奉行をしているという。

武具奉行は武具や武器の保管と整備にあたっているが、閑職《かんしよく》のため配下は何人もいないそうだ。

泉十郎、植女、瀬山の三人は、納屋にむかった。

藤山は納屋の奥の柱に縛られていた。ひどい姿である。元結《もとゆい》がきれ、ざんばら髪だった。汗と埃で汚れた浅黒い顔をしている。ふだんは、下男や屋敷に出入りしている松島たちが世話をしているが、横になって眠ることもできず疲労困憊《こんぱい》しているようだ。

「藤山、訊きたいことがある」

すぐに、瀬山が切り出した。

「……」

後ろ手に縛られた藤山は、無言のまま前に立った瀬山たちを見上げた。顔に不安の色が浮いている。

「竜谷荘を知っているか」

瀬山の声はおだやかだった。

「竜谷荘……」

藤山は首をかしげた。

「竜谷川とかかわりがあるのではないか」

「馬場さまの別邸かもしれない」

藤山がつぶやいた。

「馬場の別邸だと」

瀬山が聞き返した。

「おれは行ったことはないが、竜谷川の上流の景色のいいところに、馬場さまの別邸があると聞いた覚えがある」

「そこだ！」

泉十郎が声を上げた。

城代家老の矢崎は、竜谷荘に監禁されている、と泉十郎は確信した。

3

泉十郎たちより、田中たちの動きの方が早かった。

おゆらが、泉十郎たちに竜谷荘のことを知らせにきた二日後の夕暮れ時だった。泉十郎と植女が、夕餉の後、庭に面した座敷にいると、瀬山家の表門の方に近付いてくる大勢の足音がした。

つづいて、門扉を掛矢《かけや》のような物でぶち壊す音がひびいた。

「おい、何の騒ぎだ！」

植女が立ち上がった。

「田中たちが、押し込んできたのではないか」

泉十郎も、膝の脇に置いてあった大刀を手にして立ち上がった。

隣の部屋から「押し込んできた！」「田中たちだ！」、と熊沢と松島の叫び声が聞こえ、つづいて、慌ただしく廊下を走る音がした。

家の裏手でも、下男と下女の悲鳴が聞こえた。何人か、裏手にまわったようだ。

すぐに、泉十郎たちのいる座敷の障子があき、熊沢、松島、矢代、それに瀬山が顔を出した。いずれも、ひき攣ったような顔をしている。

村西はそこにいなかった。所用があって、家にもどっていたのだ。

「田中たちだ！」

瀬山がうわずった声で言った。

「庭で迎え撃とう！」

泉十郎が言った。狭い座敷で、多勢に取りかこまれると不利である。それに、逃げ場がなくなる。

幸い、瀬山の家族はいなかった。昨日、瀬山が叔父の家に妻女と老母、ふたりの子を預けたのである。

庭にまわってくる複数の足音が聞こえた。表門を破って侵入した者たちが、庭に踏み込んできたようだ。

泉十郎たちは障子をあけて、縁側に飛び出した。

「来たぞ！」

庭に植えられた松と梅の木の間から、数人の男が縁側の方へ走ってくる。

「田中がいる！」

熊沢が声を上げた。

田中は数人の男の先頭にいた。庭にまわってきたのは、四人である。いずれも、襷で両袖を絞り、袴の股立をとっていた。抜き身を手にしている者が三人、槍を小脇にかかえている者がひとりいた。

泉十郎、植女、瀬山、熊沢、松島、矢代の六人は、廊下に並び立って刀を抜いた。

「いたぞ！　庭にまわれ」

田中が叫んだ。

すると、表門の方から走り寄る複数の足音がし、庭木の間から、ひとり、ふたりと次々に駆け寄ってきた。

田中のまわりに、さらに五人の男が集まった。あらたに槍を手にしている者がふたり、田中たちにくわわった。都合、九人。そのなかに、街道筋で泉十郎たちと闘った伊崎と今川の姿もあった。

……まずい！　下から槍で突かれる！

と、泉十郎は察知した。

縁先に立っているところを下から槍で突かれたら、刀では太刀打ちできない。

長柄の槍はとどくが、縁先からふるう刀の切っ先は相手にとどかないのだ。

さらに、庭に集まった九人の他にも田中たちの仲間がいるらしく、庭へむかってくる足音がした。

「突破するぞ！」

泉十郎が言うと、

「裏へ、逃げるのだ！」

瀬山が声を上げた。

裏とは、裏手にある雑木林のことだった。瀬山家の裏手は、竹藪になっていた。竹藪を抜けると雑木林がつづいている。

田中たちに襲われたとき、逃げる先は、雑木林のなかにある長福寺《ちょうふくじ》という古《こ》刹《さつ》に決めてあった。瀬山家の菩提寺《ぼだいじ》だという。

そのとき、植女がいきなり縁先から飛び下り、イヤアッ!

裂帛の気合を発し、槍を手にした男の脇に急迫した。野獣が、獲物に飛びかかるような俊敏な動きである。

男は慌てて槍をまわし、穂先を植女にむけようとした。

刹那、植女の全身に斬撃の気がはしった。

シャッ、という刀身の鞘走る音がし、植女の腰元から閃光が逆袈裟にはしった。

次の瞬間、槍を手にした男の小袖の脇腹が斜に裂け、あらわになった腹に血の線がはしった。男は身をのけぞらせて後ろによろめいた。

男の脇腹から血が噴き、赤くひらいた傷口から臓腑が覗いている。男は槍を落とし、両腕で腹を押さえてうずくまった。

これを見た泉十郎たちが、白刃をかざして縁先から次々に飛び下り、甲声《かんごえ》を発しざま縁先に立っていた田中たちに立ち向かった。

泉十郎は田中の脇に立っていた中背の男に急迫し、
タアッ!

鋭い気合を発して、斬り込んだ。

振りかぶりざま袈裟へ――。一瞬の太刀捌きである。

咄嗟に、中背の男は身を引いて泉十郎の斬撃をかわそうとしたが、間に合わなかった。ザクリ、と中背の男の小袖が肩から胸にかけて裂け、ひらいた傷口から血が飛び散った。中背の男は呻き声をあげ、たたらを踏むようによろめいた。

「おのれ!」

叫びざま、田中が脇から斬り込んできた。

刹那、泉十郎は脇へ跳んだ。体を田中にむけて、斬撃を受ける間がなかったのだ。

田中の切っ先が、泉十郎の肩先をかすめて空を切った。

さらに、泉十郎は脇に跳び、田中との間合をとったが、反転して刀を構えず、そのまま疾走した。長福寺にむかうため、田中から逃げたのである。

そのとき、松島が呻き声を上げてよろめいた。槍で、脇腹を突かれたようだ。

タアアッ!

泉十郎が気合を発しざま、槍を手にした男に急迫した。

咄嗟に、男は槍を泉十郎にむけようとした。だが、泉十郎の寄り身の方が迅かった。泉十郎は、斬撃の間合に踏み込むや否や斬り込んだ。

真っ向へ——。

切っ先が、槍を泉十郎にむけようとした男の頭をとらえた。にぶい骨音がし、男の頭が割れ、血と脳漿《のうしょう》が飛び散った。男は槍を取り落とし、腰から沈むように転倒した。即死である。

「松島、逃げろ！」

泉十郎が叫んだ。

松島は脇腹を左手で押さえ、よろめくような足取りで逃げた。その背後にまわった泉十郎は、敵を牽制《けんせい》しながら松島といっしょに逃げた。

4

泉十郎たちは、瀬山家の屋敷の裏手から竹藪に逃げ込んだ。泉十郎と松島のそばに熊沢もいた。熊沢は左袖が裂けていたが、血の色はなかった。

泉十郎たちの前に、植女、瀬山、矢代の三人の姿があった。矢代の肩から背にかけて小袖が裂け、血に染まっていた。後ろから斬撃をあびたらしい。ただ、走って逃げられるところを見ると、それほどの怪我ではないようだ。

背後で、ザザザッ、と竹藪のなかに踏み入ってくる音がひびいた。

「待て！」

「逃げるか！」

泉十郎たちの後ろから、田中をはじめ七、八人の男が追ってくる。

泉十郎たちは、田中たちにはかまわず逃げた。しばらく竹藪のなかを進むと、背後から追ってくる音は聞こえなくなった。追うのを諦めたらしい。

泉十郎たちは竹藪を抜け、雑木林のなかの小径《こみち》をたどって長福寺にたどりついた。

泉十郎は住職の玄仙《げんせん》にも手伝ってもらって、まず脇腹を槍で突かれた松島の手当てをした。腹の肉が抉《えぐ》られたように裂けていたが、幸いなことに臓腑まで達していなかった。

「しばらく安静にしていれば、大事にはなりますまい」

玄仙が細い声で言った。初老で、鶴のように痩せている。

松島につづいて、矢代の手当てもした。矢代は肩から背にかけて斬られ、血が流れ出ていたが、それほどの深手ではなかった。傷口を洗い、手ぬぐいを何本か繋いで肩から腋にかけて巻いた。

「傷口が塞《ふさ》がるまで、あまり動かぬことだな」

瀬山が矢代に言った。

翌朝、瀬山は寺男に頼んで家の様子を見にいってもらった。

寺にもどってきた寺男は、

「安吉《やすきち》さんがいやしたんで、様子を聞きやした」

そう前置きして、話しだした。安吉は瀬山家に仕える下男である。

寺男は、屋敷内にふたりの武士が倒れて死んでいたことを話してから、

「裏の納屋でも、縛られた男が死んでやした」

と、小声で言い添えた。

「田中たちは、藤山を斬ったのか」

瀬山がけわしい顔をして言った。

「藤山がおれたちに白状したとみて、始末したのだな。それにしても、仲間を殺すとはな」

泉十郎も顔をしかめた。

その日、泉十郎、植女、瀬山、熊沢の四人は、松島と矢代を残して長福寺を出

た。田中たちに気付かれないように、林のなかの道や田圃《たんぼ》の畦道などをたどって双子山にむかった。一刻も早く、竜谷荘に矢崎が監禁されているかどうか確かめたかったのである。

泉十郎たちは畔道をしばらく歩き、竜谷川沿いの道に出ると、川上に足をむけた。前方に、山頂が双子のようにふたつ分かれた山がそびえていた。双子山の名は、山頂からとったらしい。

山裾まで行くと、川沿いの道は雑木林のなかに入った。道は竜谷川沿いにつづいている。川の流れが急になったのか、岩を打つ流れの音や瀬音がはっきりと聞こえるようになってきた。

山道は雑木林から、杉や檜などの針葉樹の森になった。しだいに山道は蛇行するようになり、坂が多くなった。

「森を抜けると、谷が多くなる」

瀬山が声をかけた。

やがて、山道は森を抜けた。泉十郎たちの視界が急にひらけ、雑木林と針葉樹林の入り交じったような地がひろがっていた。渓谷が多くなり、岩場を流れる音や滝の音なども聞こえた。大気は涼気をおびて、清々しい。

「いい眺めだ」

熊沢が眼下に目をやりながら声を上げた。

山道沿いの林間をとおして、広漠たる田畑、ゆったりと流れる竜谷川、そして石崎藩の城と周辺にひろがる城下の家並などが一望できた。

素晴らしいのは、眼下にひろがる眺望だけではなかった。竜谷川の流域の景観もよかった。変化に富んだ渓谷にくわえ、川沿いの木々の紅葉の鮮やかさには、目を見張る美しさがあった。

「馬場の別邸は、この辺りにちがいない」

瀬山が竜谷川の景観に目をやりながら言った。

だが、別邸らしき建物は見当たらなかった。泉十郎たちは、竜谷川に目をやりながら歩いた。なかなか見つからない。山道は竜谷川から離れる場所にもあり、そうした所では林のなかに入って確かめねばならなかった。

「だれか、来ますよ」

熊沢が言った。

山道の先の方で、話し声と足音がした。坂道を下ってくるらしい。

姿を見せたのは、鉄砲を持ったふたりの男だった。獣皮の袖無しに草鞋履き、鉈《なた》を腰にぶら下げている。

「猟師らしいな」

瀬山が言った。

ふたりの猟師は泉十郎たちの姿を目にすると、話をやめ、こわ張った顔をして近付いてきた。山道で武士の集団と出くわすことなど滅多にないのだろう。

「近くに住む者か」

瀬山が訊いた。猟師なら山間の村に住んでいるとみて、そう訊いたらしい。

「へ、へい」

色の浅黒い男が、首をすくめながら応えた。

「この近くに、竜谷荘と呼ばれる屋敷があると聞いてまいったのだがな」

「ありやす」

浅黒い顔の男が小声で言った。

「どこかな」

「ここから、いっとき登りやすと、右手に太い樅がありやす。その脇の小径を入《へえ》るとすぐでさァ」

「そうか。助かったぞ」

瀬山がふたりの猟師に礼を言った。

泉十郎たちは、さらに山道を登った。いっとき歩くと、前方右手に鬱蒼とした太い樅が見えた。

「脇に小径があるな」

瀬山が言った。

小径は樅の太い幹の脇から雑木林のなかにつづいていた。雑木林の先から、竜谷川の流れの音が聞こえてきた。

泉十郎たちは、小径を竜谷川の方にむかった。渓谷を流れる音がしだいに大きくなってきた。林間の先に渓谷らしい岩場が見えてきた。渓谷沿いに、鮮やかに紅葉した木々がつづいている。

「あそこに、屋敷がある」

瀬山が声をひそめて言った。

林間をとおして、黒い板塀でかこわれた建物が見えた。竜谷荘と呼ばれる馬場の別邸らしい。

泉十郎たちは、忍び足で林のなかを歩いた。

5

泉十郎たちは黒板塀に身を寄せて、辺りの様子をうかがった。別邸に相応《ふさわ》しい瀟洒《しょうしゃ》な屋敷だった。数寄屋《すきや》ふうの造りで、別邸にしては大きかった。瓦屋根のついた木戸門で、門扉はとじられていた。脇にくぐりがある。

……金のかかった屋敷だな。

泉十郎は胸の内でつぶやいた。

瀬山たちも驚いたような顔をして、屋敷を見つめている。

「やはり、楢崎屋から多額の金が馬場に渡っていたのだ。そうでなければ、こんな贅沢《ぜいたく》な屋敷は造れぬ」

瀬山の顔に強い怒りの色が浮いた。

贅を尽くした屋敷だった。瀬山のいうとおり、馬場が中老職とはいえ、多額の金を手にしなければ、これだけの別邸を造れないはずだ。人目につかない山中に造ったのも、楢崎屋からの多額の賄賂を疑われないためであろう。

「ともかく、ここにご城代が閉じ込められているか、探らねばならんな」

泉十郎が声をひそめて言った。

板塀に身を寄せて聞き耳を立てると、渓流の流れの音にまじって、屋敷から男の声や廊下を歩くような音がかすかに聞こえた。別邸内には、何人もいるようだ。男の声から武家言葉らしいことは分かったが、何を話しているか、聞き取れなかった。

「屋敷内に忍び込むか」

植女が言った。

「待て、もうすこし様子を探ってからだ。それに、塀を越えるのはむずかしいぞ」

板塀の高さは、五尺ほどもあった。だれかを踏み台にすれば、越えられないことはないが、どこに警備の者がいるかも分からない。

泉十郎たちは、忍び足で板塀沿いを歩いた。幸い足音は渓谷を流れる水音が消してくれる。

川の流れの音が、しだいに大きくなってきた。竜谷荘は渓谷に面して建てられているらしい。

眼前が急にひらけた。竜谷川の渓谷がひろがっている。対岸は高低のある崖になっていた。渓谷の岩場を竜谷川が水飛沫《みずしぶき》を上げて流れ、崖の間から鮮やかに紅葉した木々が枝を伸ばしている。

「いい眺めだ」

思わず、泉十郎がつぶやいた。

「見ろ、別邸から川岸まで下りられるようになっている」

植女が指差した。

渓流に面した別邸の正面には、視界をさえぎる板塀がなかった。渓谷の岩場に小径があり、川岸近くまで下りられるようになっている。

「あそこに、だれかいる」

瀬山が声を殺して言った。

渓谷に面した建物の一階に縁側があり、その前の小径に、武士がふたりいた。ゆっくりと歩いている。警備の者らしい。

縁側の奥は、座敷になっていた。その縁側と座敷から、渓谷の景観が眺められるように造られているようだ。

「あのふたり、屋敷を見回っているらしいぞ」

警備のふたりの他に、人影はなかった。

ただ、別邸内から人声が聞こえた。渓流の音ではっきり聞き取れないが、何人もいるようだ。

「やはり、ご城代が監禁されているのは、ここだな。そうでなければ、警備などおいて巡視するはずはないからな」

そう言って、泉十郎はあらためて別邸に目をやった。そばで見ると、思ったより大きな屋敷だった。二階建てである。一階だけでも四、五間はありそうだった。

……この別邸のどこかに、ご城代は監禁されているはずだ。

と、泉十郎は思った。

「忍び込むか」

植女が泉十郎に身を寄せて言った。

泉十郎はちいさくうなずき、

「おれと植女とで、別邸に近付いてみる。瀬山どのたちは、ここにいてくれ」

と、瀬山たちに言った。

おゆらほどではないが、泉十郎も植女も、多少忍びの心得がある。

「おれも行く」

瀬山が腰を上げようとした。

「いや、大勢でいったら、なかにいる者に気付かれる。ここで気付かれたら、助け出すどころか、ご城代は斬り殺されるぞ」

脅《おど》しではなかった。瀬山たちが押し入ってきたと知れば、別邸にいるだれかが矢崎を斬り殺すはずだ。馬場たちにとって、矢崎が人質の役をなさなくなれば、生きていてもらっては困るのだ。

「しかし、おぬしたちふたりだけに、危ない橋を渡らせるわけには……」

瀬山が言うと、熊沢も腰を上げようとした。

「おぬしたちは、ここから別邸にいる者たちを見張っていてくれ。おれたちふたりが敵に発見され、斬り合いになったとみたら加勢を頼む」

泉十郎が言った。

「分かった」

瀬山が承知すると、熊沢もうなずいた。

泉十郎と植女は忍び足で、別邸の縁先にむかった。さきほど警備の武士が通り過ぎた場所に出て、別邸のまわりをたどり、侵入場所を探すつもりだった。

ふたりは縁側の先の小径に出ると、すぐに別邸の脇にまわった。板壁になっていて、その先に戸口があった。背戸のようだ。引き戸が、あいたままになっている。

ふたりは付近に人影がないのを確かめてから、背戸の脇に身を寄せた。そして、あいたままになっている戸口からなかを覗くと、そこは台所だった。料理屋の板場のような造りである。

「おい、だれかいるぞ」

植女が声を殺して言った。

「女がいるな」

女と男が、何か話している。武家言葉ではなかった。男はしゃがれ声だった。かなりの歳らしい。

「下働きの者ではないか」

植女が言った。

「そうらしいな」

ふたりは、女中と下男らしかった。

台所から水を使う音が聞こえた。どちらかが、洗い物をしているらしい。

「……ねえ、助造《すけぞう》さん、閉じ込められているひと、咳《せき》をしてたよ。

女が言った。

「……風邪《かぜ》でも引いたのかもしれねえ。なにせ、ここらは、城下より寒いからな」

しゃがれ声の男が言った。助造という名らしい。

「……見てよ。汁もめしも、こんなに残してるよ」

女は、助造に食膳を見せているようだった。

「……これから、ますます寒くなる。あんなところに閉じ込められてたんじゃァ、死んじまうぜ」

助造が言った。

そのときだった。泉十郎は、近付いてくる足音を聞いた。

足音はふたり——。先ほどの警備の武士がもどってきたようだ。

付近に、身を隠す場所はなかった。そうかといって、台所へ飛び込むこともできない。

「もどるぞ」

泉十郎は、すぐに来た道を引き返した。

植女が後につづいた。ふたりは、足音をたてないように走った。警備の武士が縁先に来る前に、瀬山たちのいる場までもどらないと、見つかってしまう。多少足音はしたが、竜谷川の流れの音が消してくれた。

泉十郎と植女は瀬山たちのそばにもどると、矢崎がここに閉じ込められていることと、病にかかっているらしいことを話した。

「すぐにでも、お助けしたい」

瀬山が別邸に目をやりながら言った。

6

翌日の昼過ぎ、長福寺の庫裏《くり》に六人の男が集まった。泉十郎、植女、瀬山、熊沢、村西、松島である。矢代の姿はなかった。松島はなんとか刀が遣えるのでくわわったが、矢代はまだである。

「今日にも、竜谷荘に踏み込んで、ご城代をお助けしたい」

瀬山が厳しい顔で言った。

「ご城代の監禁場所は、分かっているのですか」

村西が訊いた。

「竜谷荘のどこかに閉じ込められているようだが、監禁場所は分かっていない」

泉十郎が言った。矢崎は一階のどこかに閉じ込められている、と泉十郎はみていたが、場所はつかんでいない。

「裏手から侵入し、一階を探れば、矢崎さまの監禁場所は分かるはずだ、それに、下働きの者から聞き出す手もある」

植女が抑揚のない声で言った。

「それにな、ご城代は病らしいのだ」

瀬山が眉を寄せて言った。

「はっきりしないが、風邪ではないかな。食欲もあまりないらしい」

泉十郎が言い添えた。

「ご城代は、お年だからな」

熊沢が心配そうな顔をした。

「それで、すぐにも竜谷荘に踏み込んで、ご城代をお助けせねばと思ってな、みんなに集まってもらったのだ」

そう言って、瀬山が男たちに視線をめぐらせた。

「行きましょう」

村西が意気込んで言うと、その場にいた男たちがうなずいた。

泉十郎たち六人は、矢崎を救出する手筈《てはず》を相談した後、寺男が作ってくれた湯漬けで腹ごしらえをして長福寺を出た。

泉十郎たちは、石崎藩士と出会わないように、雑木林のなかの小径や田圃の畔道などをたどって双子山にむかった。

竜谷川沿いの道を山裾にむかっているとき、泉十郎は背後を歩いてくる百姓に気付いた。百姓は粗末な身装で汚れた手ぬぐいをかぶり、竹籠を背負っていた。鎌を手にしている。野良仕事に行くような恰好である。

……おゆらではあるまいか。

泉十郎は、百姓の体付きがおゆらに似ているような気がした。

すると、百姓は泉十郎に頭を下げた。笑みが浮いている。

……やはり、おゆらだ。

いつ見ても、見事な変装である。だれが見ても、野良仕事にむかう百姓と思うだろう。それに、男にも化けるので、おゆらと気付かせないのだ。

おゆらは、泉十郎たちから三十間ほども離れていた。瀬山たちは、百姓を見ても不審を抱かなかった。

やがて、泉十郎たちは双子山の裾にひろがる雑木林に入った。道は竜谷川に沿ってつづいている。

……いない！

泉十郎が雑木林のなかで振り返ると、おゆらの姿は消えていた。山道ではなく、林の樹陰に身を隠しながら、泉十郎たちを尾けてくるらしい。

泉十郎たちは山間の道を歩き、太い樅の木の下まで来て足をとめた。

「この先だが、物陰に身を隠しながら来てくれ」

泉十郎が言った。

竜谷荘の二階から見ると、林間の葉叢《はむら》の間から小径を歩いてくる泉十郎たちの姿が目に入るかもしれない。

泉十郎たちは、小径沿いの樹陰をたどるようにして竜谷荘にむかった。いっときすると、泉十郎たちは黒板塀でかこわれた竜谷荘の門前に出た。

塀に身を寄せてなかの様子を窺《うかが》ったが、昨日と変わった様子はなかった。ただ、足音が竜谷荘の戸口近くでしたので、節穴《ふしあな》から覗いて見ると、警備の武士がふたり歩いていた。渓谷側だけではなく、屋敷の周囲をまわっているらしい。

「こっちだ」

泉十郎が声を殺して言い、板塀沿いを忍び足で歩き、渓谷側にまわった。眼前に渓谷がひろがり、竜谷川の流れの音が急に大きくなったような気がした。

泉十郎たちは、板塀の端から竜谷荘に目をやった。

「ここにもいる!」

警備の武士がふたりいた。表門の近くで見たふたりとは、別人である。すくなくとも、警備だけで四人の武士がいることになる。

泉十郎たちは、警備のふたりが通り過ぎるのを待った。竜谷荘に入るまで、屋敷の者に気付かれたくなかったのだ。

警備のふたりが、縁側の前を通り過ぎて姿が見えなくなると、

「いくぞ」

泉十郎が声をかけ、塀の陰から出た。縁側の前の小径をたどって、背戸から屋敷のなかに侵入するのである。

六人の男は一列になり、身を低くして泉十郎につづいた。

屋敷の板壁の先に、戸口があった。台所に出入りできる背戸である。泉十郎は辺りに目をやり、人影がないのを確かめてから背戸に近寄った。植女と瀬山たちがつづいた。

引き戸が、半分ほどあいたままになっていた。泉十郎が戸口から首をつっ込んでなかを覗くと、流し場に女がいた。四十がらみと思われる小柄な女である。洗い物をしているらしく、手元で水音がした。

女の他に、もうひとりいた。男である。年寄りらしく、背がすこしまがっていた。この男が助造であろう。

助造は、土間の隅の竈《かまど》の前に屈《かが》んでいた。火が燃え、釜がかかっていた。飯を炊《た》いているようだ。

「植女、女を頼む」

泉十郎が声を殺して言った。

植女は無言でうなずいた。

泉十郎が、呼んだら入ってくれ、と瀬山たちに小声で言い、刀を抜くと、板戸の間から土間に入った。植女がつづいた。まだ、台所にいる女と助造は、泉十郎たちに気付いていない。

泉十郎は竈の前にいる助造の背後に、植女は女の脇に忍び足で近付いていく。

ここにも、竜谷川の流れの音がとどき、泉十郎たちの足音を消してくれた。

泉十郎が助造の背後に身を寄せ、後ろから切っ先を助造の頰の辺りにむけた。

助造は振り返り、泉十郎の姿を目にすると、
ヒッ！

と、喉のつまったような短い悲鳴を上げ、凍りついたように身を硬くした。

「動くな。おとなしくすれば、手出しはせぬ」

泉十郎は穏やかな声で言った。

助造は目尻が裂けるほど目を見開いて泉十郎を見つめ、激しく身を顫わせている。

このとき、流し場からも女の悲鳴が聞こえた。植女が流し場にいた女に切っ先をむけている。女は、恐怖で立っていられないのか、土間にへたり込んでいた。

「下働きの者か」

泉十郎が、助造に訊いた。

「へ、へい」

助造が掠《かす》れたような声で応えた。

「この屋敷に、武士が閉じ込められているな」

「……」

助造は何か言いかけたが言葉にはならず、ひき攣ったような顔をして、泉十郎

を見上げている。

「どこにいる。言わなければ、ここで首を落とす」

泉十郎が小声だが、強いひびきのある声で言った。

「お、奥で……」

助造が声を震わせて言った。隠す気はないようだ。

「二階か」

「へ、へえ」

「奥のどこだ」

「な、納戸で……」

泉十郎はそれだけ聞くと、戸口にいる瀬山たちに、入ってくれ、と言って手を上げた。素早く、瀬山たちが入ってきた。

「二階の奥だ」

泉十郎が奥へむかおうとしたとき、植女が泉十郎に身を寄せ、

「納戸の脇の部屋に、警備がいるらしいぞ」

と、小声で知らせた。女中から聞き出したらしい。

「ともかく、行ってみよう」

泉十郎は、台所の土間の先の板敷きの間に上がった。左手に奥につづく廊下がある。

7

廊下の左右に何部屋かあるらしく、障子や襖《ふすま》がたててあった。

泉十郎たちが廊下まで来たとき、板間からふたつ目の部屋の障子があき、武士がふたり顔を出した。台所の物音や板間を歩く足音を耳にしたのかもしれない。

一瞬、ふたりは驚いたような顔をして、泉十郎たちを見た。

「曲者《くせもの》だ!」

「押し入ってきたぞ!」

ふたりが、叫んだ。

泉十郎と植女は廊下を走った。

イヤアッ!

裂帛の気合を発し、泉十郎がいきなり斬りつけた。

走りざま、低い八相から袈裟へ——。

バサリ、と男の小袖が、肩から胸にかけて裂けて血が飛び散った。男は絶叫を上げてよろめいた。

飛び散った血が、障子に当たってバラバラと音をたてた。障子が赤い花弁を撒《ま》き散らしたように染まっていく。

植女も抜き打ちざまに武士をしとめていた。

さらに、隣の部屋で男たちの声や物音が聞こえた。

泉十郎と植女は、抜き身を引っ提《さ》げたまま廊下を走った。

バタ、バタ、と音をたてて、別の部屋の障子があき、武士がふたり、廊下に飛び出してきた。

これを見た瀬山が、

「こやつらは、おれたちが相手をする！」

と叫び、切っ先をふたりにむけた。

瀬山の背後から来た熊沢、村西、松島の三人も、切っ先をふたりにむけた。すると、ふたりは、慌てた様子で座敷にもどった。瀬山たちの殺気と気魄《きはく》に押されたらしい。瀬山たちは、座敷に踏み込んだ。

泉十郎と植女は、廊下を走った。矢崎を助け出さねばならない。

廊下の突き当たりが、部屋になっていた。左手に廊下がある。

ガラリ、と突き当たりの部屋の障子があいた。

武士がふたり、姿を見せた。ひとりは、先手組物頭の山室だった。もうひとりは、伊崎である。

泉十郎たちは山室を知らなかったが、伊崎の顔は覚えていた。江戸で襲ってきた男である。田中と並ぶ腕だと聞いていた。

「ここは通さぬ」

山室が、泉十郎と植女を見すえて言った。

「こやつは、おれが斬る」

植女が、刀の柄に右手を添えて山室の前に立った。

すると、山室の脇にいた伊崎が、

「こやつ、居合を遣うぞ」

と、声をかけた。

「居合だと」

山室が慌てて左手の廊下に身を引いた。

そこは鉤《かぎ》の手にまがっていて、左手に廊下がつづき、さらにもう一部屋ありそうだった。襖が二枚たててあった。ただ、狭いので小座敷か納戸であろう。

「今川、人質を連れてこい！」

山室が叫んだ。

すると、左手の襖があき、ふたりの男が姿を見せた。ひとりは後ろ手に縛られ、猿轡をかまされていた。老齢で、腰がまがり、前屈みになっている。

……ご城代だ！

泉十郎は、矢崎だと察知した。

泉十郎たちは、もうひとりの今川と呼ばれた男を知っていた。この男も街道筋で闘った田中の仲間である。

今川が、矢崎の右腕をつかんで引き摺るようにして連れてきた。そのとき、矢崎が咳をした。苦しげである。

「われらに、手を出せば、城代の命はないぞ」

山室が、手にした刀の切っ先を矢崎の首筋にむけた。

矢崎は顔を上げて泉十郎たちを見ると、何か言いかけたが、すぐに顔を伏せ、ゼイゼイと喘鳴《ぜんめい》を洩らした。

「おのれ！」

泉十郎は山室に切っ先をむけた。

「城代の命はないぞ！」

さらに、山室が叫んだ。

「うぬ……！」

泉十郎は動けなかった。

植女も、居合の抜刀体勢をとったまま身を硬くしている。

「伊崎、ふたりの刀を取れ」

山室が指示し、伊崎が身を寄せて泉十郎の手にした刀を取ろうとした。

そのとき、何かが飛来する音がし、山室が身をのけ反《ぞ》らせた。棒手裏剣だった。山室の胸に刺さっている。

……おゆらだ！

泉十郎は、いきなり伊崎を肩先で突き飛ばし、矢崎の腕をつかんでいた今川に斬りつけた。一瞬の太刀捌きである。

今川の首筋から血飛沫が飛び散り、後ろへよろめいた。泉十郎の切っ先が今川の首をとらえたのである。

泉十郎は素早く左手で矢崎の腕をつかんで体を支え、切っ先を山室にむけた。

山室は顔をしかめて立っていた。棒手裏剣は、胸に刺さったままである。

泉十郎につづいて植女も動いた。

イヤアッ！

植女が裂帛の気合を発して、抜き付けた。神速の抜き打ちである。

その切っ先が、刀を手にしていた伊崎の右腕をとらえた。

伊崎の右腕が、握った刀ごと廊下に落ちた。植女の抜き付けの一刀が、右腕を斬り落としたのである。

伊崎は、獣の咆哮《ほうこう》のような叫び声を上げて後じさった。截断された腕から、筧《かけい》の水のように血が流れ落ちている。

「ご城代、助けに来ましたぞ」

泉十郎は矢崎の右腕をとって肩にまわし、矢崎の腰に手をやって体をささえ、廊下を引き返した。

泉十郎が棒手裏剣の飛来した方に目をやると、廊下の突き当たりの暗がりに立っているおゆらの姿が見えた。竜谷荘に来る途中で目にした百姓の姿である。

おゆらは泉十郎と目が合うと、ちいさくうなずき、左手の障子をあけてスルリと座敷に入った。座敷には縁側か窓があって、外へ出られるのだろう。

泉十郎は矢崎を抱えて台所の方にむかった。すぐ後ろに、植女がついている。背後から襲われるのを防いでいるのだ。

廊下には、松島の姿があった。返り血を浴びて顔が赤く染まっている。廊下沿いの座敷では、まだ闘いがつづいているらしく、気合、刀身の弾き合う音、障子を斬り裂く音などが聞こえた。

「ご城代は、助けた。引き上げるぞ！」

座敷の前を通りながら、泉十郎が叫んだ。座敷内で闘っている瀬山たちに知らせたのである。

「瀬山さま！　ご城代を、お助けしました」

松島も叫んだ。

すると、瀬山、熊沢、村西の三人が、廊下に飛び出してきた。三人は抜き身を引っ提げていた。

瀬山の顔と小袖が、血に染まっていた。返り血を浴びたらしい。村西は右袖が裂け、血の色があった。敵刃を浴びたようだが、浅手らしい。

瀬山が矢崎に身を寄せ、

「ご城代、大事ございませんか」

と、訊いた。熊沢と村西も心配そうな顔をしている。

「せ、瀬山か。無事だ……」

矢崎はそれしか口にしなかったが、顔に安堵の色が浮いていた。

泉十郎たちは、矢崎を取り囲むようにして台所へ出た。背後で廊下を踏む音が聞こえたが、台所までは追ってこなかった。

台所の背戸から出ると、辺りは淡い夕闇につつまれていた。竜谷川の流れの音が、泉十郎たちをつつむように聞こえてきた。

第五章　籠《ろう》城《じょう》

1

城代家老の矢崎が登城することになったのは、泉十郎たちが竜谷荘から助け出してから五日後だった。

矢崎は風邪のため熱をだし、咳もとまらなかったので登城を控《ひか》えたのである。この間、瀬山や泉十郎たちは連日、矢崎の屋敷に寝泊まりし、田中をはじめとする馬場派の襲撃にそなえた。

だが、田中たちが矢崎の屋敷に押し入ってくることはなかった。馬場も、そこまではできなかったようだ。多勢で矢崎家へ押し入ったりすれば、馬場たちの傍《ぼう》若無人《じゃくぶじん》ぶりを藩内に喧伝《けんでん》するようなものである。当然、藩主の耳にも入るだろう。

その日、矢崎家の表門があいたのは、五ツ（午前八時）ごろである。矢崎はこれまでと同じように騎馬で城にむかった。

ただ、供連れは変わっていた。これまでの供にくわえると、倍ちかい人数である。中間や家士にくわえ、瀬山や熊沢たちの姿もあった。登城時に、馬場派の者たちに襲われる恐れがあったからだ。

瀬山は矢崎の乗る馬の脇についていた。懐には、江戸から持参した書類と上申書が入っている。登城後に、矢崎に渡すことになっていたのだ。

矢崎たちの一行に、泉十郎、植女、矢代の三人の姿はなかった。斥候として、屋敷から城までの道筋を偵察するために先に出たのである。斥候に矢代がくわわったのは、泉十郎と植女は矢崎が登城する道筋を知らなかったからだ。

泉十郎たちは、武家屋敷のつづく通りを過ぎて熊岩の森まで来ると、歩調をゆるめた。以前、矢崎が襲われたのはこの森である。

「襲うとすれば、ここだな」

泉十郎は、樅や杉の巨木の陰に目をやりながら歩いた。

湿り気のあるひんやりとした大気が、薄暗い森をつつんでいる。森のなかは静かだったが、ときおりカサカサと、小動物の枯れ葉を踏む音がした。兎か栗鼠《りす》でもいるのだろう。

「田中たちが、潜んでいる様子はないな」

植女も森のなかに目をやっている。

「今度はご城代を連れ去るのではなく、鉄砲か弓を遣って命を狙うかもしれんぞ」

泉十郎が、植女と矢代に声をかけた。

三人は、太い幹や灌木の陰などの他に道沿いの巨木の枝などにも目をやった。だが、それらしい人影も、ひとの潜んでいる気配もなかった。

泉十郎は森のなかを歩きながら、おゆらを探したが、その姿を目にすることはできなかった。

泉十郎たちは熊岩の森を抜けた。森の先には雑木林や笹藪などのつづく地もあったので、気を配ったが、襲撃者が埋伏している気配はなかった。

泉十郎たちは城に近い武家屋敷のつづく通りまで来ると、歩調をゆるめ、矢崎たちの一行が近付くのを待った。

「来ました」

矢代が声を上げた。

見ると、矢崎と供の一行がこちらにむかってくる。矢崎は馬に乗っていた。何事もなかったようだ。

泉十郎たちは、道の脇に身を寄せて矢崎たちの一行を待った。

矢崎は泉十郎と植女の姿を目にすると、馬をとめさせ、

「ふたりのお蔭《かげ》で、助かった。礼を言うぞ」

と、声をかけた。泉十郎たちが竜谷荘で見たとき、矢崎の顔は憔悴《しょうすい》してやつれていたが、いまは顔色もよかった。風邪も治ったらしく、咳をすることもなかった。

泉十郎と植女は矢崎たち一行が通り過ぎ、その姿が遠ざかるまで、路傍に立って見送っていた。

泉十郎と植女が、矢崎の警固にあたるのはここまでである。この辺りから先は、城下の賑やかな通りで武士だけでなく、町人や職人なども行き交っていた。ここから先で襲われることはないだろう。

泉十郎と植女は、矢崎たちの一行が見えなくなると踵を返した。瀬山の家に行くつもりだった。瀬山が下城するのを待って、矢崎が藩主の伊勢守に謁見《えっけん》したおり、どのようなことを話したか、聞きたかったのだ。

登城した矢崎は、西の丸の書院で藩主の貞道に拝謁《はいえつ》した。

貞道は矢崎と顔を合わせるとすぐ、

「矢崎、病はよくなったのか」

と、訊いた。貞道は、矢崎が病のため登城できない、と馬場から知らされていたのである。

貞道は四十代半ばだが、若いころから虚弱体質だったせいもあり、痩身で覇気にとぼしかった。ただ、心根はやさしく、ひとを疑ってみるようなことはなかった。

「病ではございません」

矢崎がはっきりと言った。

「病ではなかったのか」

貞道が驚いたような顔をして聞き返した。

「はい、馬場の手の者に襲われ、双子山にある馬場の別邸に幽閉されておりました」

矢崎は正直に話した。

「なに、馬場の別邸に幽閉されていたと」

貞道は、強い驚きの色を見せた。

「それがしの手の者に助けられ、こうやって殿にお会いできたのです」

「なんということだ！」

貞道は息を呑んで虚空に目をとめていたが、

「なぜ、馬場はそなたを襲って幽閉するような真似をしたのだ」

と、矢崎に訊いた。

「殿、このためです」

矢崎は、懐から折り畳んだ奉書紙を取り出した。

奉書紙のなかには、瀬山たちが江戸から持参した書類と江戸家老の内藤がしためた上申書が入っていた。書類には、江戸留守居役の沢村と国許の中老の馬場が、蔵元の楢崎屋と癒着し、藩米を独占して売りさばいていたことなどが記されていた、また、本来なら藩庫に入るべき多額の金が、沢村と馬場に流れていたことを明らかにする帳簿の写しや、請書などが入っていた。

上申書を読み、書類に目を通す貞道の手がかすかに震えていた。書類には貞道にも分かるような注釈が、添え書きしてあったのだ。

「このようなことがおこっておったのか」

穏健で、穏やかな性格の貞道の顔に、怒りの色が浮いた。

「この書類が殿に届かぬよう、江戸からの使者を襲い、それがしも幽閉したのでございます。……それに、それがしが閉じ込められていた別邸は竜谷荘と呼ばれ、贅を尽くした造りでございました。馬場がそのような贅沢な別邸を持つことができたのも、楢崎屋から多額の金が馬場に流れていたからです」

矢崎が重いひびきのある声で言った。

「ば、馬場は、登城しておるのか」

貞道の声が震えた。

「それが、急病とかで、登城しておりません」

矢崎は登城してから、他の重臣から馬場が登城していないことを耳にしたのだ。

「己の悪事が露見することを恐れ、病と偽《いつわ》ったな」

貞道の怒りの色は消えなかった。

それから、貞道はあらためて書類と上申書に目を通した後、

「馬場には、追って沙汰をする。おそらく、家臣たちも動揺するだろう。……矢崎、政《まつりごと》はぬかりなくいたせよ」

いつになく、覇気のある声で命じた。

「ハッ」

矢崎は深々と頭を下げた。

2

その日、瀬山は日が暮れてから屋敷に帰ってきた。

瀬山は着替えると、すぐに泉十郎と植女のいる居間に顔を出した。叔父の屋敷から家にもどった妻女が淹《い》れてくれた茶を飲んだ後、

「馬場は病ということで、登城していなかったよ」

瀬山が切り出した。

「それでいま、馬場はどこに」

泉十郎が訊いた。

「屋敷にいるらしい」

「立て籠もっているのではないのか」

「熊沢と村西に様子を見に行かせたので、すぐに知れるだろう」

「それで、ご城代は伊勢守さまとお会いできたのか」

泉十郎が訊いた。

「お会いできた。ご城代はわれらが国許まで持ってきた書類を殿に見せられ、馬

場と沢村が楢崎屋と癒着し、大金を着服していたことを話されたようだ」

「それで、伊勢守さまはどのように仰せられたのだ」

泉十郎や植女が、もっとも気にしていることだった。

「殿はたいそうお怒りになり、馬場たちには追って沙汰をする、と強い口調で仰せられたそうだ」

「そうか」

泉十郎は、ほっとした。馬場や沢村の悪行があきらかになり、相応の処罰を受ければ、泉十郎たちの遠国御用も済んだことになる。その後、石崎藩内で改革が進んで財政が立ち直れば、御側御用取次の相馬も満足するだろう。

泉十郎たちが話しているところに、妻女が顔を出し、

「熊沢どのと村西どのが、お見えです」

と、知らせた。

「ここに通してくれ」

瀬山が指示した。

待つまでもなく、妻女に案内され、熊沢と村西が座敷に入ってきた。

ふたりが、座敷に座すのを待って、

「どうだ、馬場の屋敷の様子は」

すぐに、瀬山が訊いた。

「馬場は、屋敷に立て籠もっているようです」

熊沢と村西が話したことによると、馬場の屋敷は門扉をしめ、屋敷内を警固の武士が、見回っているという。

「馬場は、いまさら屋敷に立て籠もってどうしようというのだ」

瀬山が顔に怒りの色を浮かべた。

「そのことですが、帰りに森口《もりぐち》という書役と出会ったので、馬場のことを訊いてみたのです」

「森口は、馬場の配下で右筆の中野の指示で、書類を代筆することがあるという。

「それで」

瀬山が話の先をうながした。

「森口は、馬場から直接ではなく、中野から聞いたようですが、馬場はしばらく様子をみて、殿のお気持ちが落ち着かれたころ、ご城代さまたちの訴えは、すべて自分たちを陥《おとしい》れるための一方的な捏造《ねつぞう》であることを言上する、と話していたそうです」

「この期《ご》に及んで、まだ馬場は観念しないのか」

瀬山が顔をしかめて言った。

「馬場が、それほど強気なのはどういうことだ。何か奥の手でもあるのか」

泉十郎は腑に落ちなかった。馬場には、追い詰められた者の恐れや絶望がないような気がした。まだ、矢崎派の者たちと闘おうとしているようなのだ。

「お幸《こう》さまかもしれん」

瀬山がつぶやくような声で言った。

「お幸さまとは、伊勢守さまの正室のことか」

泉十郎は、貞道の正室がお幸という名であることを聞いていた。

「そうだ。……お幸さまは、沢村や馬場がお気に召され、江戸にいる沢村の話をお聞きになることが多いのだ」

瀬山によると、沢村と馬場はお幸に対して追従するだけでなく、高価な着物や櫛《くし》などの小間物を贈ったりして、お幸の機嫌《きげん》をとっているという。

また、お幸は嫡男の智之助《とものすけ》君とともに江戸の下屋敷で暮らしているので、江戸の留守居役である沢村と接触する機会が多いそうだ。

「正室のお幸さまから、国許にいる伊勢守さまに、沢村や馬場を擁護《ようご》する働きかけでもあるというのか」

泉十郎が訊いた。

「いや、お幸さまが国許におられる殿に、何か働きかけることはないと思う。ただ、参勤で殿が出府されれば、当然お幸さまや若君とお会いになられる。そのおり、お幸さまから、沢村と馬場のことを擁護するような話があるかもしれない。……殿がお幸さまの話をそのまま受け入れることはないと思うが、殿が双方から事情を聴き、あらためて調べなおす気になられることは、おおいにある。そうすれば、沢村や馬場には巻き返しができるという思いが、胸の内にあるのではあるまいか」

「伊勢守さまが、参勤で出府されるのはいつだ」

「来春《らいはる》だ」

「すると、馬場は来春まで何とか持ち堪《こた》えれば、事態が変わるとみているのだな」

「そうとしか考えられない」

「それで、病と届け出て屋敷内に籠もっているのか」

泉十郎にも、馬場の胸の内が分かった。

どうやら、馬場は来春まで屋敷に籠もっているつもりらしい。石崎藩は雪国なので、そうこうしているうちに領内は雪につつまれ、藩主や重臣の動きも鈍《にぶ》くなるだろう。馬場は何とか来春まで、病ということで持ち堪えようとしているようだ。

「それに、春までの間に江戸の沢村が動き、楢崎屋と結託して帳簿類を改竄《かいざん》し、請書などの証文を作り直して、取引きに不正のないことを訴えるかもしれない」

瀬山が顔をきびしくして言った。

そのとき、瀬山と泉十郎のやり取りを黙って聞いていた植女が、

「来春まで、黙ってみていることはあるまい」

と、抑揚のない声で言った。

「そのとおりだ。……馬場が仮病をつかって登城しないのは、あきらかだ。しかも、屋敷内に立て籠もって厳重な警備をしいている。そのことだけでも、罪を問えるのではないのか」

泉十郎は、このままの状態で来春を待つべきではない、と思った。それに、泉十郎たちも来春まで石崎藩にとどまり、瀬山家の厄介になるのは避けたかった。

おゆらは、こうしている間も、寺社の堂内や祠《ほこら》などで夜を過ごしているはずなのだ。いかに、忍者でも雪国の冬をそうした場所で過ごすのは過酷《かこく》である。

「明日にも、ご城代にお会いして話してみよう」

瀬山が腹をかためたような顔をして言った。

翌日、瀬山は矢崎が下城するころを見計らい、勘定吟味方である松島をともなって矢崎家へ出かけた。

矢崎も馬場が仮病をつかって屋敷内に立て籠もっていることに憂慮しており、瀬山からの話を聞くとすぐに、

「さっそく、殿にお話ししてみよう。此度のことは、殿も腹に据えかねておられるようなので、来春を待たずに何か沙汰を下すはずだ」

と、厳しい顔をして言った。

矢崎からあらためて話を聞いた貞道は、

「馬場に、病をおしてでも登城するよう伝えよ」

怒りの色をあらわにして命じた。

ところが、馬場は貞道の意向を伝えに来た使者に直接会わず、重病のためしば

らく登城をひかえさせていただく、と家士に返答して追い返したのだ。馬場は、使者が来たのは、城に呼び出すための矢崎の策略と勘違いしたのかもしれない。

3

馬場が使者を追い返して一月ほど経った。まだ晩秋だが、その日は冬の到来を思わせるような冷たい風が吹いていた。

下城した瀬山は、別の座敷にいた泉十郎と植女を庭に面した居間に呼び、

「馬場にたいする上意がくだったぞ」

いつになくけわしい顔をして言った。

「どのような上意だ」

すぐに、泉十郎が訊いた。

「切腹——」

瀬山が言った。

その言葉で、座敷が静かになった。泉十郎たちは口をつぐんで、虚空を見つめている。いっとき座敷は静寂《せいじゃく》につつまれていたが、

「まァ、切腹しかないだろうな」

泉十郎が納得したような顔をした。

「ところで、馬場は切腹の沙汰をおとなしく受けるかな」

植女が抑揚のない声で訊いた。

「受けないだろうな。……殿が登城を命じたときも、馬場は使者を追い返したからな」

瀬山が顔をけわしくした。

それから五日後、瀬山の読みどおりになった。

切腹を命ずる上意の使者が、馬場家へむかったが、馬場は門を固く閉じたまま、使者を屋敷内に入れなかったのだ。

「馬場は、籠城するつもりか」

泉十郎が顔をしかめた。始末がつくのは、だいぶ先になる、と思ったのだ。

すると、瀬山が泉十郎と植女に目をやって、

「そのことだがな。それがしが、上意の使者として馬場の屋敷へ行くようおおせつかったのだ」

と、顔を引き締めて言った。

「瀬山どのが」

思わず、泉十郎が聞き返した。

「そうだ」

「切腹の沙汰を伝える使者か」

泉十郎は、前の使者と同じように、馬場の屋敷には入れないのではないかと思った。

「いや、上意討ちだ。殿は、馬場が上意の使者を屋敷に入れなかったことを知って、お怒りになり、馬場を討つよう沙汰を下されたのだ。……その上意討ちを、それがしが命じられた」

「馬場を討つのは、むずかしいな。馬場はひらきなおっている。討手に対して、どんな手を使ってくるか分からないぞ」

「むずかしいことは承知しているが、何としても馬場を討たねばならない」

瀬山が憤怒の色を浮かべた。馬場の傲慢《ごうまん》な振る舞いに、我慢がならないらしい。

「うむ……」

泉十郎は、馬場を討ち取るのはむずかしいと思った。

「それで、頼みがある」

瀬山が泉十郎と植女に目をむけて言った。

「頼みとは」

「ふたりも、馬場の屋敷に行ってもらいたいのだ。むろん、相応の手勢を連れていく。熊沢や村西にも一緒に行ってもらうつもりだ」

「上意討ちにくわわるわけだな」

「そうだ」

「承知した」

泉十郎が言うと、植女もうなずいた。

「それで、馬場の屋敷にはいつ行くのだ」

植女が訊いた。

「明後日――」

瀬山が、今日明日のうちに、討手を手配することを言い添えた。

「明日、馬場の屋敷の警備の様子でも見ておくか」

泉十郎は、屋敷の外から表門や裏門の警備の様子だけでも見ておこうと思った。屋敷内に侵入する場所をつかんでおきたかったのだ。

翌朝、泉十郎が植女とふたりで瀬山家を出ようとしているところに、熊沢が顔を出した。昨日、瀬山が、泉十郎たちと話した後、馬場の屋敷を探るなら、熊沢を同行させよう、と言って、熊沢に話しておいてくれたのだ。すでに、熊沢は村西とともに馬場の屋敷を探っているので、様子を知っているようだ。

馬場の屋敷も、熊岩の森の先にあった。ただ、矢崎の屋敷とはだいぶ離れていて、高台の一角にあった。

「この屋敷です」

熊沢が、馬場の屋敷の表門の前まで行って足をとめた。

門は堅牢そうな長屋門だった。乳鋲を打った門扉も脇のくぐりも閉じられていた。門番の姿は見えなかったが、かすかに足音がした。警備の者が近くにいるのかもしれない。

屋敷の周囲は、築地塀でかこわれていた。屋敷にはひろい庭があり、松、高野《こうや》槙《まき》、梅などの庭木が見えた。

「変わった様子はないが」

植女が声をひそめて言った。

「裏手にまわってみるか」

泉十郎たちは表門の前を離れ、築地塀沿いの小径を屋敷の裏手にむかった。ひとりではないらしい。

小径を歩き始めてすぐだった。築地塀の向こうで、足音が聞こえた。ひとりではないらしい。

「来るぞ」

泉十郎たちは、築地塀に身を寄せて身をかがめた。高い築地塀なので、向こう側から泉十郎たちの姿は見えないはずである。

足音とともに、築地塀の向こうに六尺棒の先がふたつ見えた。警備の者が六尺棒を持って、屋敷のまわりを見回っているらしい。

警備のふたりは泉十郎たちには気付かず、通り過ぎていった。

「厳重だな」

植女が、声をひそませて言った。

「討手を予想しているのかもしれん」

「面倒だな」

「裏手も見てみよう」

泉十郎たちは、築地塀沿いの小径をたどって屋敷の裏手にまわった。木戸門があった。やはり門扉はとじられている。表門にくらべると簡素な造りだが、それでも門を破って踏み込むのは難しそうだ。

「念のため、短い梯子《はしご》を用意しますか」

熊沢が言った。

「そうだな」

馬場家の者が門をあけなければ、築地塀を越えなければならない。梯子があれば、容易だろう。

「おい、裏手にもいるぞ」

植女が言った。

屋敷の裏手にある土蔵の脇に、六尺棒の先が見えた。警備の者である。やはり、ふたりいるようだ。

「警備が厳重なところからみて、屋敷内には家士の他に腕のたつ者が何人もいるとみなければなるまいな」

田中の他にも、遣い手がいるだろう、と泉十郎は踏んだ。

「竜谷荘より手強《てごわ》いぞ」

植女が顔がひきしめて言った。

4

その日、晴天だった。風は冷たいが、さわやかな朝である。

泉十郎たちが瀬山家を出たのは、五ツ（午前八時）ごろだった。討手は総勢十二人だった。泉十郎の他に、瀬山、植女、松島、矢代、熊沢、村西、それに、瀬山の配下の目付が五人いた。瀬山が目付筋の者から腕のたつ五人を、討手にくわえたのだ。

瀬山たちは、討手らしく裁着袴に草鞋履きだった。泉十郎と植女も同じ恰好である。熊沢が短い梯子を持っていた。馬場家の者が門をあけなかったら、築地塀を越えて屋敷内に踏み込むのである。

瀬山たち一行は、熊岩の森を抜けて、武家屋敷のつづく通りに出た。通りすがりに出会った家中の者は、瀬山たちの一行を目にすると、慌てて道をあけた。瀬山たちは、ふだんの登城とは違う扮装《いでたち》だったし、殺気だった雰囲気があったのだ。

一行は武家屋敷につづく通りから高台に出た。前方に、馬場の屋敷が見えてきた。馬場の屋敷は昨日と変わらないように見えた。

表門の門扉は、とじられていた。脇のくぐりもしまっている。ただ、長屋門の番所には、だれかいるらしく、ひとの気配がした。

「熊沢、上意の使者であることを知らせろ」

瀬山が指示した。念のため、開門してなかに入れるか確かめるのである。

すぐに、熊沢が門扉の前に立ち、

「開門！　開門！　上意の使者でござる」

門扉をたたきながら声を上げた。

すると、門扉の向こう側にひとの走り寄る足音がし、

「しばらく！　しばらく、お待ちくだされ。いま、あるじに伺ってまいります」

慌てたような声で応えた。

すぐに、屋敷の玄関先へ走る足音がした。門番の若党が、どう対応したらいいか訊きにいったらしい。

いっときすると、門扉の向こうで何人ものあわただしい足音が聞こえた。

「上意のご使者でござるか」

何者かが、甲走った声で訊いた。

「いかにも、すぐに門を開けよ」

瀬山が声高に言った。

「上意のご使者と偽り、屋敷内に押し入ろうとする不埒者《ふらちもの》ではあるまいな」

門扉のむこうで権高《けんだか》な声で訊いた。

「上意の使者を不埒者とは、何たる言い草だ。すぐに、門を開けよ」

瀬山が声を上げたが、門を開ける様子はなかった。

瀬山は門扉の前から離れ、

「やむをえぬ。塀を越えて踏み込むぞ」

と、討手の男たちに言った。

瀬山をはじめ十二人の討手が、築地塀の方へ歩き出したとき、

「待て！　いま、門を開ける」

門の向こうから甲走った声が聞こえた。

瀬山たちは、足をとめて表門に目をやった。

門扉に近寄る何人かの足音がし、門扉の閂《かんぬき》をはずす音がした。嘘ではないらしい。

すぐに門扉がひらいた。

門内を見ると、表門をとりかこむように五人の武士が立っていた。三人が羽織袴姿で、ふたりが小袖に袴姿である。闘いの身支度ではない。

「そ、それがし、馬場さまにお仕えする、寺久保《てらくぼ》庄蔵《しようぞう》にございます。先ほどは、ご無礼いたしました」

寺久保がこわ張った顔で、瀬山に頭を下げた。声に挑むようなひびきがある。五十がらみと思われる痩身の武士だった。声から判断して、先ほど門扉のむこうで瀬山とやり取りした男のようだ。馬場家に仕える家士らしい。

……馬場は、切腹する気になったのであろうか。

泉十郎は、馬場の胸の内を推測した。

「馬場源兵衛どのに、お取り次ぎ願いたい」

瀬山が言った。

「ともかく、お入りください。すぐに、馬場さまにお取り次ぎいたします」

寺久保は、瀬山たち一行を玄関から屋敷内に入れた。

寺久保が瀬山たちを案内したのは、玄関に近い客間だった。

「しばし、ここで、お待ちくだされ」

そう言い残し、寺久保は慌てた様子で客間から出ていった。

討手の十二人が座敷に腰を下ろすと、屋敷内から男の甲走った声や慌ただしそうに廊下を歩く足音などがひびいた。どうも様子がおかしい。屋敷内は騒然とした雰囲気につつまれている。

「おれたちを、ここに閉じ込めておいて、襲う気ではあるまいか」

松島が言った。顔に不安そうな色がある。

「そのときは、闘うまでだ」

植女が表情も変えずに言った。この男は、度を失って顔色を変えるようなことは滅多にない。

「油断するな。どんな手を使《つこ》うてくるか。われらを皆殺しにするつもりかもしれんぞ」

瀬山の顔も、けわしかった。

そんなやり取りをしていると、慌ただしそうに廊下を歩く足音がし、客間の障子があいた。姿を見せたのは、寺久保と若い武士だった。

「馬場さまが、お会いなさるそうです」

寺久保が言った。

「なに、会うと」

思わず、瀬山が聞き返した。

「で、ですが、狭い座敷でござって……。ご使者の方だけお願いしたいのですが」

寺久保が震えを帯びた声で言った。緊張しているようだ。

「それはできぬ。ここにいる十二人、いずれも殿の使者として参った者でござる。どこか知らぬが、狭い座敷でなく、この座敷に馬場どのにお越しいただきたい。ここで、殿よりの沙汰をお伝えいたす」

「……！」

寺久保が困惑したように顔をゆがめた。

「ここへ、馬場どのをお呼びくだされ！」

瀬山が強い口調で言った。

「そ、それほどまでに仰せなら、馬場さまにお会いしていただくが、ご案内する前にお腰の物をお預かりしたい」

寺久保が言った。

「それも、できぬ。無腰では、馬場どのにお会いする前に、何をされるか分からないからな。このまま屋敷内をまわり、馬場どのにお会いして殿の沙汰をお伝えしてもかまわないが」

そう言って、瀬山が立ち上がる気配を見せた。

「お、お待ちを！」

寺久保が慌てて瀬山を制し、

「ご案内いたす。……こちらへ」

仕方なさそうに、肩を落として言った。

5

寺久保が瀬山たちを連れて行ったのは、奥の書院だった。狭い座敷ではなかった。上段の間もある。

「しばし、お待ちくだされ。すぐに、馬場さまがお見えになります」

そう言い残し、寺久保は座敷から出ていった。

妙に静かだった。さきほどまで、屋敷内は騒然としていたが、いまは静まりかえっている。かすかに床を踏む音や人声などが聞こえたが、殺気だった雰囲気がない。それが、かえって不気味だった。

泉十郎は、座敷の周囲の気配をうかがった。

……いる！

襖を隔《へだ》てた背後の部屋に、ひとのいる気配がした。それも、多勢だ。何人もが、息をひそめてひそんでいる。

……廊下側の先にもいる！

背後の部屋だけではなかった。いま、泉十郎たちが通ってきた廊下の向かい側の座敷にも、ひとのいる気配がした。

泉十郎は脇にいる植女に、

「いるぞ、後ろと、廊下のむこうだ」

と、声をひそめて言った。

植女が、無言でうなずいた。細い双眸が切っ先のようにひかっている。

そのとき、廊下に、慌ただしそうに歩く複数の足音がひびいた。

すぐに、障子があいて、三人の武士が姿を見せた。ひとりは、初老である。面長で鼻梁が高く、細い目をしていた。馬場らしい。羽織袴姿で、脇差だけを腰に帯びていた。

馬場が同行したふたりは、三十がらみだった。ふたりとも身辺に隙がなく、腰が据わっていた。遣い手らしい。ふたりは小刀を腰に差し、左手に大刀を引っ提げていた。鋭い目で、泉十郎たちを見つめている。

馬場は入ってくると、上段の間を背にして腰を下ろした。そこは、上座である。藩主の使者を迎えるにしては、あまりに傲慢な態度だった。

瀬山は苦々しい顔をしたが、何も言わなかった。

「瀬山どの、何用かな。そのように改まって」

馬場が口許に薄笑いを浮かべて言った。ただ、瀬山や泉十郎たちにむけられた目は、笑っていなかった。挑むようなひかりが宿っている。

すると、瀬山が立ち上がり、上段の間に足をむけた。すかさず、腕のたつ熊沢と村西が、瀬山の両脇にまわり込んで後につづいた。

「上意により、馬場どののお命、ちょうだいいたす」

瀬山が声高に言った。

泉十郎たちも次々に立ち上がり、刀の柄を握った。

「斬れ！　不埒者が、押し入ってきたぞ」

馬場が立ち上がって叫んだ。

すると、馬場の脇にいた武士が、

「出会え！　出会え！」

と、大声を上げた。

泉十郎たちのいる背後の襖が、バタバタと音をたててひらき、何人もの武士が姿を見せた。

総勢七人――。そのなかに田中の姿があった。いずれも抜き身を手にし、襷で両袖を絞り、袴の股立をとっていた。瀬山たちを屋敷内に誘《おび》き入れて討つために、身をひそめていたようだ。

すると、馬場にしたがってきた武士のひとりがいきなり抜刀し、瀬山にむかって斬りつけようとした。

これを見た泉十郎はすばやい体捌きで抜刀し、瀬山に斬りつけようとした武士の脇に踏み込みざま斬りつけた。一瞬の体捌きである。

バサリ、と武士の小袖が、肩から背にかけて裂けた。次の瞬間、赤くひらいた傷口から、血飛沫が飛び散った。

武士は呻き声を上げ、血を撒きながらよろめいた。

泉十郎の動きは、それでとまらなかった。俊敏な動きで瀬山の前に立ち、切っ先を馬場に随行したもうひとりの武士にむけた。

武士は、刀の柄に手をかけたまま動きをとめた。切っ先を突き付けられ、抜刀できなかったのだ。

「討て！　ひとりも逃すな」

田中が叫び、隣の座敷から七人の武士が踏み込んできた。

すると、植女が動いた。背後の部屋から踏み込んできた田中たちにむかって素早い寄り身で迫り、
イヤアッ！

と、裂帛の気合を発して、居合の抜き付けの一刀をはなった。

シャッ、という刀身の鞘走る音がした瞬間、稲妻のような閃光が逆袈裟にはしった。居合の抜き付けの一刀である。

咄嗟に、田中は身を引いたが、間に合わなかった。小袖が肩から胸にかけて裂け、あらわになった肌に赤い血の線がはしった。

田中は驚愕《きょうがく》に目を剝いて後じさった。

傷口から、ふつふつと血が噴いている。だが、深手ではないようだ。田中も手《て》練《だれ》である。一瞬、身を引いたので、植女の抜き付けの一刀をまともに受けずに済

んだらしい。

「斬れ！　こやつを斬れ！」

田中が叫んだ。

すると、田中のそばにいた長身の武士が、植女に切っ先をむけた。だが、顔はこわばり、体が小刻みに顫えていた。植女の抜刀の迅さに圧倒されたようだ。

「さァ、こい」

植女は切っ先を引いて、脇構えにとった。居合の呼吸で、脇から斬り上げるのだ。居合ほどの威力はないが、太刀捌きは迅速である。

他の武士たちの間でも斬り合いが始まったが、切っ先をむけ合っているだけで、なかなか仕掛けられない。座敷が狭いせいもあり、敵のなかに踏み込めないのだ。

6

そのとき、廊下で激しい足音がひびき、荒々しく障子があいた。

何人かの武士が姿を見せた。廊下を隔てた座敷に身をひそめていた馬場の配下の武士たちである。五人いた。いずれも血走った目をし、抜き身を引っ提げている。

「熊沢、村西、廊下側の者を討て！」

瀬山が叫んだ。

廊下側から踏み込まれると、挟み撃ちになるとみたらしい。それに、座敷内では大勢の敵味方が切っ先をむけ合い、これ以上敵に踏み込まれたら、同士討ちになる恐れがあったのだ。

熊沢と村西が、素早く廊下側に動き、姿を見せた五人に切っ先をむけた。

このとき、泉十郎は馬場が同行したもうひとりの武士を斬り倒し、廊下側に走っていた。座敷に、ひとりも入れまいとしたのだ。

タアッ！

鋭い気合を発し、熊沢が斬り込んだ。素早い太刀捌きである。その切っ先が、廊下から座敷に踏み込もうとしていた武士のひとりをとらえた。

武士は、頬から顎にかけて肉を削《そ》がれた。赤く頬肉がひらいた次の瞬間、血が激しく飛び散った。

武士は、ギャッ、と絶叫を上げてよろめいた。顔が真っ赤に染まっている。

さらに、熊沢は別の武士に切っ先をむけた。

泉十郎も鋭い気合を発し、青眼に構えていた武士の籠手《こて》へ斬り込んでいた。武士の腰が高いため、切っ先が浮いて籠手に隙がみえたのだ。

泉十郎の切っ先が、武士の右腕をとらえた。

武士の前腕が裂け、血が迸《ほとばし》り出た。武士は恐怖に顔をしかめ、呻き声を上げて後じさった。

村西も仕掛けた。座敷に踏み込もうとしていた武士のひとりに斬りつけ、武士の二の腕に斬撃を浴びせたのだ。村西も遣い手だった。それに、これまで修羅場《しゅらば》をくぐってきた経験が生きているようだ。

「さァ、こい！」

泉十郎は声を上げ、廊下に残っていた別の武士に切っ先をむけた。

廊下に残っていたふたりの武士は、恐怖に顔をゆがめて後じさった。座敷に踏み込むどころか、泉十郎、熊沢、村西の腕に圧倒されている。

ひとりの武士がさらに後じさりながら、

「引くぞ！」

と叫び、廊下を走った。

すると、もうひとりの武士も廊下を走って裏手へ逃げた。

すぐに、泉十郎たち三人は座敷にとってかえし、植女たちにくわわって、田中たちに切っ先をむけた。

その場にいた田中を除く武士たちの顔に、恐怖の色が浮いた。泉十郎たち三人が、植女たちにくわわり、形勢が逆転したのだ。

武士たちは、浮き足だった。切っ先が小刻みに震えている。

「怯《ひる》むな！　こやつらを斬れ！」

田中が叱咤《しった》するように叫んだ。

だが、武士たちは刀を構えたまま後ずさりし始めた。戦意を喪失《そうしつ》している。こうなると、闘いにならない。

そのとき、廊下側にいた武士のひとりが、抜き身を手にしたまま座敷から廊下に飛び出した。逃げたのである。

これを見た他の武士も、切っ先を泉十郎たちにむけたまま廊下側に動き、次々に廊下に飛び出した。

武士たちは、玄関にむかって走った。

田中は憤怒に顔をしかめ、

「この借りは、かならず返す!」

捨て台詞《ぜりふ》を残し、四人の武士の後を追った。

泉十郎たちは田中の後を追わず、上段の間の近くに立っていた瀬山のそばに集まった。馬場の切腹を見届けなければならない。

馬場は、瀬山の前にへたり込んでいた。顔が紙のように蒼《あお》ざめ、体を激しく顫わせている。

「馬場どの、田中も家士たちも逃げた。残ったのは、馬場どのひとりだ」

瀬山が馬場を見つめて言った。

馬場は応えなかった。無言のまま虚空に目をむけている。

「馬場どの、お覚悟を」

瀬山が、切っ先を馬場にむけた。

馬場は瀬山を見上げたが、

「……は、腹を切る」

と、声を震わせて言った。

「腹を召されますか」

そう言って、瀬山は切っ先を引いた。

「き、切る」

馬場は、腰の脇差の柄を握って抜いた。

馬場は脇差を右手で握ったまま、何かに憑《つ》かれたような目で虚空を見つめ、体を顫わせていた。

「さァ、腹を召されい！」

瀬山が声高に言った。

とそのとき、馬場がいきなり立ち上がり、手にした脇差を振り上げた。

瀬山の脇にいた植女が、馬場の動きを目にし、腰の刀に手をかけ、居合腰に沈めた。

「き、貴様を斬る！」

馬場が瀬山にむかって脇差を斬り下ろした。

刹那、植女の腰から閃光が逆袈裟にはしった。

迅い！　神速の居合の抜き付けの一刀だった。

馬場の脇差の切っ先が、瀬山の肩先をかすめて空を切った次の瞬間、にぶい骨音がして馬場の首が前に垂れ、首根から血が激しく飛び散った。

首の血管《ちくだ》から噴出した血はバラバラと音をたてて畳に散り、小桶で撒いたように赤く染めた。

馬場は座敷に転倒して動かなかった。絶命したようである。

「馬場どのは、上意により、討ち取った」

瀬山が昂った声で言った。


座敷は静寂につつまれていた。屋敷の奥の方で、くぐもったような人声とかすかな物音が聞こえるだけである。家人や奉公人が、残っているのかもしれない。

「引き上げよう」

瀬山が、泉十郎たちに言った。

瀬山たち十二人は廊下に出ると、玄関の方に足をむけた。そして、玄関に近い客間まで来たとき、ふいに障子があいて男がひとり飛び出してきた。寺久保だった。手に抜き身を持っている。

「あ、あるじの敵《かたき》！」

叫びざま、寺久保が瀬山に斬り付けようとした。

すかさず、瀬山の脇にいた植女が、踏み込みざま抜き付けた。

キーン、という甲高い金属音がし、寺久保の手にした刀が虚空に飛び、障子を突き破ってむかいの座敷に落ちた。

「動くな！」

植女が、切っ先を寺久保の喉に突き付けた。

寺久保は驚愕に目を剝き、その場につっ立った。植女の居合の冴《さ》えに、度肝《どぎも》を抜かれたようだ。

「寺久保、馬場どのは上意により討ち取った。無駄な抵抗をいたせば、馬場家はつぶれるだけではすまぬぞ。一族郎党、領内に住むこともできなくなる。……寺久保、おまえたち、馬場家に仕えていた者もな」

瀬山の声は静かだが強いひびきがあった。

「……」

寺久保が刀を引いた。顔が蒼ざめ、体が顫えている。

「それでいい」

瀬山は寺久保をその場に残し、玄関に足をむけた。

泉十郎たちも、瀬山の後にしたがってその場を離れた。

第六章　待ち伏せ

1

「植女、もうすこしどうだ」

泉十郎が植女に銚子をむけた。

瀬山家の庭に面した座敷だった。泉十郎と植女は、酒を飲んでいた。夕餉のとき、瀬山の妻女のうめが、酒を出してくれたのだ。

瀬山もしばらくつきあって飲んでいたが、

「おれは、先に休ませてもらうぞ。明日、登城せねばならないのでな」

そう言って、早目に切り上げた。

瀬山や泉十郎たちが、討手として馬場家に出向いてから三日経っていた。この間、瀬山は連日登城していた。大目付としての仕事もあったのだろうが、矢崎に馬場を討ったことを知らせたり、今後のことを打ち合わせたりしているらしい。

「もらうか。まだ、寝るには早いからな」

植女が、猪口を差し出した。

五ツ（午後八時）ごろだった。座敷は、静寂につつまれている。冬らしい底冷えのする夜だった。ちかごろは、庭の虫の音は小さくなり、木枯《こが》らしの吹く夜が多くなった。

「まだ、始末がつかぬようだな」

泉十郎が銚子を手にしたまま言った。

矢崎たちと対立していた馬場を討ち取ったが、まだ国許にも馬場に与していた藩士が多数残っているらしかった。

瀬山が腰を上げる前、

「馬場が死んだことで、馬場についていた者の多くが、口をとじるか馬場を非難するような話をするようになった。……だが、われらに反対する者たちは、まだ家中に残っているのだ」

そう、泉十郎と植女に話したのだ。

瀬山によると、馬場家から逃走した田中たち五人、それに、右筆の中野、馬場の縁戚の者などが、まだ、矢崎たちに強い反感を持っているという。

「田中もいる」

植女がつぶやくように言って、ゆっくりと猪口をかたむけた。

「それに、矢崎さまたちに反対しているが、表に出さぬ者もいるようだ。……事態が好転するのを待っているのだろう」

「事態が好転するとは、どういうことだ」

植女が訊いた。

「まだ、江戸に留守居役の沢村が残っているからではないかな。沢村が、何か手を打つことを期待しているのだろう」

泉十郎が言った。

「それにしても、留守居役の沢村は何とかならないのか。馬場と同様、楢崎屋と結託して本来藩庫に入るべき金を着服していたのは、あきらかではないか」

植女が不服そうな顔をした。

「瀬山どのたちが、何か手を打つだろう。それで、ご城代とも相談しているようだ」

泉十郎は、江戸の沢村がこのままでは始末がつかない、とみていた。

植女は猪口を手にしたまま、

「それにしても、田中は執念深いな。江戸から、ずっとおれたちを狙いつづけているのだぞ」

と、つぶやくような声で言った。

「いずれにしろ、おれたちは、もうすこしここにとどまらなければならないな」

泉十郎が言った。

「始末がつくまではな」

植女が、手にした猪口をゆっくりかたむけた。

「そうだな」

まだ、石崎藩の騒動はつづいているといってもいい。それに、泉十郎にとっても、田中は何とか討ちたかった。

そのとき、縁先に近付いてくるひとの気配がした。足音は聞こえなかった。虫の鳴き声が、すこし弱くなっただけである。

……おゆらだ！

泉十郎は気付いた。

すぐに、障子の向こうで、座敷のなかをうかがうような気配がした。

「おゆらか」

泉十郎が小声で訊いた。

「そうですよ」

障子の向こうで、おゆらのかすかな声がした。座敷にいる泉十郎たちにしか聞こえない声である。

泉十郎と植女は立ち上がり、障子をあけて縁側に出た。

庭に植えられたつつじの植え込みの陰に、おゆらが立っていた。闇に溶ける柿色の忍び装束だった。夜陰のなかに色白の顔だけが、ぼんやりと浮き上がったように見えている。顔を隠せば、その姿は闇に溶けてしまうだろう。

「おゆら、どうした」

泉十郎が訊いた。

「まだ、始末はついておりませんよ」

おゆらが、低い声で言った。女を感じさせない声である。私情を消し、御庭番のひとりとして、この場に来ているのだ。

「何かあったのか」

「昨日と今日、この屋敷を見張っている者がいました」

おゆらによると、網代笠をかぶった武士が、道沿いの樹陰から瀬山家の表門に目をむけていたという。

「田中たちではないか」

「田中はいませんでしたけど、馬場家に出入りしていた者のようです」

おゆらが、馬場家を見張っていたとき、その武士を見たような気がする、と言い添えた。おゆらも、武士が網代笠をかぶって顔を隠していたので、はっきりしないようだ。

「瀬山どのを狙っているようだ」

泉十郎が言った。

「どうします」

おゆらが訊いた。

「瀬山どのを、ここで討たせるわけにはいかないな。……おれたちが、瀬山どのを守るしかないだろう」

ちかごろ、瀬山も用心して、いつもの中間ふたりの他に熊沢と村西を供に連れて登城していた。

だが、田中たちは、内藤の供もいっしょに討てるだけの戦力をととのえて襲うにちがいない。

「あたしも、助勢しますよ」

「頼む」

「では……」

おゆらは、立ち上がろうとした。

「おゆら、一杯飲んでいかないか」

泉十郎が声をかけた。

「いやですよ。こんな装束で、酒を飲んでる者はいませんよ」

おゆらは、笑ったらしく目を細めたが、

「江戸に帰ったら、ご馳走《ちそう》になりますよ。ねえ、植女の旦那」

そう言い残して、踵を返した。

おゆらの姿は闇に溶け、すぐに足音が聞こえなくなった。夜陰のなかに、風が吹き抜けるような気配が残っただけである。

「植女、酒は切り上げるか。明日、一騒動ありそうだぞ」

「そうだな」

植女が抑揚のない声で言った。その表情は変わらなかったが、細い双眸だけが夜陰のなかで、青白くひかっている。

2

泉十郎と植女は、瀬山が妻に送られて玄関にむかうのを見ると、廊下に出て後につづいた。

瀬山は玄関先で、泉十郎たちに気付くと、

「どこかへ出かけるのか」

と、訊いた。

「いや、ちと、気になることがあってな」

泉十郎と植女は、瀬山につづいて玄関に出た。

表門の脇に、熊沢、村西、それにふたりの中間が待っていた。

瀬山は玄関先に足をとめたまま、

「なんだ、気になることとは」

すぐに、泉十郎たちに身を寄せて訊いた。

「昨日、屋敷近くで、網代笠で顔を隠した武士を見かけたのだ。……気になってな。そこまでいっしょに行こう」

泉十郎が言った。

「そうか」

一瞬、瀬山の表情が硬くなったが、それ以上は訊かず、熊沢たちを連れて木戸門から通りに出た。おそらく、瀬山の胸にも田中たちのことがよぎったのだろう。

門を出たところで、泉十郎たちは通りの左右に目をやったが、それらしい人影はなかった。

……襲うとすれば、この通りではない。

と、泉十郎はみた。

武家屋敷のつづく西田町の通りには、登城する藩士の姿がちらほらあった。このような通りで襲えば、すぐに何者が襲ったか知れてしまう。

西田町の通りを抜けると、町外れの落葉松《からまつ》の林のなかに入った。林といっても草藪や岩などが転がっている疎林で、すぐに城下につづく道に出る。

……襲うなら、ここしかない。

泉十郎は、瀬山が登城するとき途中まで同行したことがあったので、城までの道筋を知っていたのだ。

見ると、植女や瀬山も警戒するように林のなかに目をやっている。

落葉松林のなかに、太い樅が一本だけ聳え立つように枝葉を茂らせていた。その幹の陰で、人影が動いた。

……あそこにいる！

泉十郎は察知した。

そのとき、泉十郎はかすかに火縄の臭いを嗅《か》いだ。

「右手、鉄砲だ！」

泉十郎は声を上げ、「木の陰へ！」と叫び、飛び込むように太めの落葉松の幹の陰に身を隠した。

瀬山たちも林のなかに飛び込み、近くの落葉松の幹の陰にまわった。

ターン、

と、乾いた銃声が林間にひびいた。

泉十郎たちの近くに着弾しなかった。見ると、樅の幹の陰から、銃を持った男がよろめくように林間に出てきた。負傷したらしい。何者かが、飛び道具で攻撃したのではあるまいか。

……おゆらだ！

泉十郎は、おゆらが火縄銃を持った男に手裏剣を打ったことを察知した。

そのとき、道沿いの樹陰や岩陰などから、人影が次々にあらわれた。いずれも武士で、襷で両袖を絞り、裁着袴に草鞋履きである。

「討て！　瀬山を討て」

田中が叫んだ。

ザザザッ、と林間の落葉を踏み、笹や灌木を分ける音がひびいた。

総勢、十人ほど——。

武士たちは雑木林のなかの道に走り出てきた。槍を手にしている者が三人、他は抜き身を引っ提げている。

「固まるな！　ちらばれ。動きながら、闘うんだ！」

泉十郎が叫んだ。

敵は人数が多い。しかも槍を持っている者がいる。一か所にかたまり、取り囲まれたら勝機はない。味方の武士は敵の半数の五人だが、いずれも腕が立つ。ばらばらになり、動きながら闘えば勝機はある。

泉十郎は素早い動きで、瀬山の脇に立った。田中が、瀬山に迫ってきたのだ。

やはり、田中の狙いは瀬山らしい。

そのとき、植女が、
イヤアッ！

裂帛の気合を発し、槍を手にしてむかってきた敵の前に踏み込んだ。腰を沈め、刀の柄を右手で握り、居合の抜刀体勢をとっている。

植女の気合と素早い踏み込みに、槍を手にした男が怯み、一瞬、穂先が浮いた。この一瞬の隙を、植女がとらえた。

植女の全身に斬撃の気がはしり、その体が膨《ふく》れあがったように見えた瞬間、シャッ、という刀身の鞘走る音がし、腰元から閃光がはしった。

逆袈裟に──。稲妻のような抜き付けの一刀である。

カツ、と乾いた音がひびき、穂先が虚空に飛んだ。植女の一颯《いっさつ》が、槍の螻蛄首《けらくび》近くを截断したのだ。

螻蛄首近くを斬られた瞬間、槍を手にした武士の両腕が跳ね上がった。

植女は素早い体捌きで右手に踏み込み、刀身を返しざま横一文字に払った。一瞬の流れるような体捌きである。

ザクリ、と武士の腹が横に裂け、ひらいた傷口から截断された臓腑が覗いた。

男は手で腹を押さえ、呻き声を上げながらよろめいた。その指の間から、流れ出た血が滴《したた》り落ちている。

植女の動きは、それでとまらなかった。刀身を引いて脇構えにとると、そばにいたもうひとりの敵に迫った。

長身の武士だった。武士は植女の居合の冴えを目にし、恐れをなして後じさった。戦意を失い、腰が引けている。

このとき、熊沢もひとりの敵を斬り、もうひとりの敵に切っ先をむけていた。村西は槍を手にした男と相対している。

3

「田中、今日こそ決着をつけようぞ」

泉十郎は青眼に構え、田中に切っ先をむけた。

泉十郎が田中と闘うのは、これで三度目だった。過去の二度は、金山峠と瀬山家の庭である。ただ、大勢のなかでの闘いだったので、まともな立ち合いはできなかった。馬場家でも顔を合わせていたが、このときはふたりで闘ったとは言えなかった。

「望むところだ」

田中も相青眼に構えた。

ふたりの間合は、およそ二間半だった。真剣での立ち合いの間合としては、狭いかもしれない。林間の道は狭く、しかも敵味方入り乱れての闘いなので、間合がひろくとれないのだ。

瀬山は、泉十郎の背後にいた。敵がひとり、瀬山の脇にまわり込んできたので、瀬山はその敵に切っ先をむけていた。

瀬山も馬庭念流の遣い手だった。一対一の闘いなら、後れをとるようなことはないはずである。

瀬山は腰を沈め、両足を撞木《しゅもく》にとっている。馬庭念流独特の構えである。

泉十郎と田中は、二間半ほどの間合をとったまま動かなかった。

泉十郎は全身に気勢を漲《みなぎ》らせ、斬撃の気配を見せて田中を攻めた。気攻《きぜ》めである。田中もまた、剣尖に気魄《きはく》を込めて気で攻めてきた。

ふたりは、対峙したまま動かなかった。気合を発せず、剣先を動かして敵を牽制することもしなかった。

気の攻防がつづいた。ふたりとも、気魄で敵を攻めている。

どれほどの時が過ぎたのか。ふたりは全神経を敵に集中していたために、時の流れの意識はなかった。

そのとき、ギャッ！と絶叫を上げ、瀬山に切っ先をむけていた男がよろめいた。瀬山の斬撃をあびたのである。

男の絶叫が、泉十郎と田中をつつんでいた剣の磁場を劈《つんざ》いた。

ズッ、と田中の右足が前に出た。

すかさず、泉十郎も趾《あしゆび》を這うように動かして前に出た。

ジリジリと、ふたりの間合が狭まっていく。一足一刀の斬撃に迫るにつれ、ふたりは痺《しび》れるような剣気をはなった。両者に、斬撃の気配が高まってくる。

ふいに、田中の寄り身がとまった。一足一刀の斬撃の間境の一歩手前である。田中は、このまま斬撃の間境に入ると、あぶない、と察知したらしい。

イヤアッ！

突如、田中が裂帛の気合を発した。気合で、泉十郎の気を乱そうとしたのだ。

だが、気合を発した瞬間、田中の全身に力が入り、わずかに剣尖が浮いた。この一瞬の隙を泉十郎がとらえた。

タアッ！

鋭い気合を発し、一歩踏み込みざま斬り込んだ。

青眼から真っ向へ。鋭く、迅い斬撃だった。誘いも牽制もなく、まっすぐ斬り込んだのである。

田中も反射的に斬り込んだ。一歩踏み込み、袈裟へ。渾身の一刀だった。馬庭念流独特の強い斬撃である。

真っ向と袈裟——。

二筋の閃光がはしり、ふたりの眼前で刀身が合致した。

青火が散り、甲高い金属音がひびいた。

ふたりは刀身を合致させたまま、鍔迫り合いにはいった。

このとき、田中の腰がわずかにくずれていた。真っ向へ斬り込んだ泉十郎の斬撃の方が迅く、田中が受け身になったためである。

田中は体勢を立て直そうとして、両腕に力を込めて刀身を押した。この一瞬の動きを、泉十郎がとらえた。

泉十郎は刀身を押し返さず、後ろに身を引いたのである。

田中の両腕が、押す相手を失って前に伸びた。

刹那、泉十郎が籠手をねらって突き込むように斬り込んだ。

ザクッ、と田中の右の前腕が裂けた。泉十郎の切っ先が、前に伸びた田中の右腕をとらえたのである。

次の瞬間、田中は大きく背後に跳んで、泉十郎との間合をとった。

ふたたび、泉十郎と田中は相青眼に構え合った。

田中の切っ先が、小刻みに震えている。右腕を斬られて肩に力が入り、身が硬くなっているのだ。撞木にひらいた足が乱れ、腰が浮いている。

田中の右の前腕は、流れ出た血で赤い布を張り付けたように染まり、さらに赤い筋を引いて流れ落ちている。

田中の顔が赭黒《あかぐろ》く染まり、双眸が異様なひかりを帯びていた。気が昂っているのだ。

「田中、勝負あったな」

泉十郎が言った。

体の力みは体の反応をにぶくし、気の異常な昂りは平静さを奪い、一瞬の読みと判断を誤らせる。

「まだだ！」

田中は叫びざま刀を振り上げ、八相に構えた。

両肘を高くとり、刀身を垂直に立てている。大きな構えだった。敵を威圧するために、高く大きく構えたようだ。

泉十郎はわずかに腰を沈め、剣尖を田中の左拳につけた。八相に対応する構えである。ふたりの間合は、およそ三間――。

八相と高い青眼に構え合ったまま動かなかった。

田中の右腕から流れ出た血が、タラタラと流れ落ち、小袖の右肩を赤く染めていた。垂直に立てた田中の刀身が小刻みに震え、銀色《しろがねいろ》の光芒《こうぼう》のようににぶくひかっている。

タアリャッ！

突如、田中が獣の咆哮のような気合を発した。己の体を顫えをとめ、闘気を鼓舞するための気合である。

この気合で、泉十郎が先に動いた。

趾を這うように動かし、ジリジリと間合を狭め始めた。田中の左拳につけられた剣尖が、槍の穂先のように迫っていく。

間合が狭まるにつれ、泉十郎の全身に剣気が満ち、斬撃の気配が高まってきた。

田中は動かなかった。八相に構えたまま、斬撃の機をうかがっている。

ふいに、泉十郎の寄り身がとまった。一足一刀の一歩手前である。泉十郎は斬撃の気配を見せながら、切っ先をピクピクと上下させた。斬り込むとみせ、田中を焦らせたのである。

田中の顔が焦りでゆがみ、さらに気が昂って八相に構えた刀身が揺れだした。

この構えの乱れを、泉十郎がとらえた。

ヤアッ！

短い気合を発し、切っ先を田中の眼前にむけ、つッ、と突き出した。斬り込むとみせた誘いである。

この誘いに、田中が反応した。

田中の全身に斬撃の気がはしり、裂帛の気合と同時に斬り込んだ。

八相から袈裟へ——。

たたきつけるような斬撃だった。

一瞬、泉十郎は、身を引いて田中の切っ先をかわした。田中の太刀筋が、読めていたのである。

田中の切っ先が、泉十郎の眼前の空を切って流れた。

次の瞬間、泉十郎は鋭い気合とともに、刀身を横一文字に払った。一瞬の太刀捌きである。

泉十郎の切っ先が、踏み込んできた田中の首筋をとらえた。田中の首が、後ろにかしいだ瞬間、ビュッ、と血が首筋から飛んだ。

田中は血を撒きながらよろめき、足がとまると、反転した。刀を構えようとしたが、両腕が上がらなかった。田中の首筋から血が迸り出ている。

田中は低い唸り声を上げ、血を噴出させながらつっ立っていた。首筋からの血が、田中の上半身を真っ赤に染めていく。

田中は激痛と憤怒に両眼をカッと瞠《みひら》き、歯を剝き出していた。仁王《におう》のような形相《ぎょうそう》である。田中が何か叫ぼうとして口をあけたとき、ゆらっと体が揺れ、腰から沈むように転倒した。泉十郎は、倒れている田中のそばに走り寄った。

地面に仰臥した田中は、両眼を瞠いたまま表情をとめていた。上半身は血塗れで、体の周辺にも血が飛び散っていた。

……田中は死んだ。

泉十郎は、植女や瀬山たちに目を転じた。

4

闘いは、まだつづいていた。

瀬山には長身の武士が、切っ先をむけていた。植女は脇構えにとり、小柄な武士と対峙している。熊沢と村西も、敵と切っ先をむけ合っていた。

闘いの場からすこし離れたところにふたりの武士がいたが、植女たちに斬られたらしく、顔や小袖が血に染まっていた。ひとりは落葉松に背を預け、もうひとりは蹲《うずくま》っていた。すでに、ふたりは戦意を喪失しているようだ。

泉十郎は瀬山の脇に走り寄った。

長身の武士は泉十郎を目にすると、顔をしかめて後じさった。

「中野、刀を引け！」

瀬山が喝《かっ》するような声で言った。

どうやら、この男が右筆の中野らしい。

「お、おのれ！」

中野は刀を引かず、青眼に構えたままだった。吊り上がった目をした顔が、憤怒で赭黒く染まっている。

泉十郎は中野に切っ先をむけ、

「田中は、おれが斬った。悪足掻《わるあが》きはするな」

と声をかけ、瀬山の前にまわり込んだ。

瀬山は、この場は泉十郎にまかせる気になったらしく身を引いた。

「貴様！　何者だ」

中野が誰何した。

「おれか。瀬山どのと、所縁《ゆかり》の者だ」

泉十郎は、己の身分を口にすることはできなかったので、そう言っておいた。

「う、うぬらのお蔭で、われらの将来はとざされた。……き、斬り殺してやる」

中野が声を震わせ言った。顔は蒼ざめ、目がつり上がっている。

中野は青眼に構え、切っ先を泉十郎にむけた。隙だらけの構えだが、相撃ち覚悟で体ごとつっ込んでくるような気魄があった。

「やるしかないようだ」

泉十郎は、青眼に構えた。

ふたりの間合は、二間半ほどだった。すぐに、中野が仕掛けてきた。摺り足で、間合を狭めてくる。

……相撃ちを狙って、真っ向へくる！

と、泉十郎は読んだ。

中野は寄り身をとめなかった。気攻めも牽制もなく、一気に間合を狭めてくる。

泉十郎は気を静めて、中野との間合と斬撃の起こりを読んでいた。

中野は、一足一刀の斬撃の間境に迫るや否やしかけた。

タアッ！

中野が甲走った気合を発し、振りかぶりざま真っ向へ斬り込んできた。体ごとぶつかってくるような捨て身の攻撃である。

一瞬、泉十郎は右手に踏み込んで、この斬撃をかわし、刀身を横に払った。流れるような体捌きである。

中野の切っ先は、泉十郎の肩先をかすめて空を切り、泉十郎の切っ先は中野の腹をえぐった。

ふたりは交差し、二間ほど離れて反転した。

泉十郎はふたたび青眼に構えて切っ先を中野にむけたが、中野は構えなかった。左手で脇腹を押さえている。その手の指の間から、血が滴り落ちていた。

中野は苦しげな呻き声を上げ、腹を押さえたまま蹲った。臓腑を截断するほどの深い傷だった。

中野は助からない、と泉十郎はみた。

すぐに、泉十郎は中野の脇に立って八相に構え、

「武士の情け！　とどめを刺してくれる」

と声をかけ、刀身を一閃させた。

にぶい骨音がし、中野の首が前にかしいだ。次の瞬間、首根から血が赤い帯のようにはしった。首の血管《ちくだ》から、血が勢いよく噴出したのである。

中野の首が前に垂れ、すこし遅れて体が前に倒れた。蹲っている中野の首根から、まだ血が赤い筋になって流れ落ちている。

泉十郎は植女や熊沢たちに目をやった。闘いは、終わっていた。落葉松の林間をよろめくような足取りで、逃げていくふたりの男の後ろ姿が見えた。後は、植女たちが仕留めたらしい。

植女、熊沢、村西が血刀を引っ提げたまま、瀬山と泉十郎のそばに歩み寄ってきた。

「無事か」

瀬山が、植女たち三人に目をやって訊いた。

「はい」

村西が声を上げた。

熊沢の右の袖が裂け、二の腕に血の色があったが、浅手らしい。植女と村西は無傷である。ただ、ふたりとも返り血を浴びて、小袖が蘇芳《すおう》色に染まっていた。

「田中は、どうした」

植女が泉十郎に訊いた。

「討ち取ったよ」

泉十郎が、倒れている田中を指差した。

「そうか。これで、始末がついたな」

植女がつぶやくような声で言った。

「ああ……」

泉十郎は、長い闘いだったと思った。

「死骸《ほとけ》をこのままにしておけないな。ここは、登下城時の道になっている」

瀬山の指示で、泉十郎たちが田中たちの死体を片付け始めた。片付けるといっても、通りから林のなかへ運ぶだけである。

すると、その場から逃げて物陰に身を隠していたふたりの中間がもどり、死体の片付けを手伝った。

泉十郎は死体を運びながら、林の樹陰に目をやった。おゆらの姿を探したのである。だが、おゆらの姿はどこにもなかった。

泉十郎と植女は、瀬山たちといっしょに落葉松林を抜けて武家屋敷のつづく通りまで出た。そこで、泉十郎と植女は瀬山たちと別れた。これ以上、瀬山の警固に当たる必要はなかったのである。

陽はだいぶ高くなっていた。泉十郎と植女は、瀬山家にもどるつもりだった。下城した瀬山から、矢崎との話を聞きたかったのである。

5

泉十郎たちが、落葉松の林で田中たちを討ってから六日経った。まだ、瀬山からこれといった話はない。

泉十郎と植女は瀬山家にとどまっていることに痺《しび》れをきらし、そろそろ江戸にもどろうか、とふたりで話していた。

その日、瀬山は城からもどると、妻のうめに酒を用意するように指示し、

「そこもとたちに、話がある」

と言って、庭に面した座敷に泉十郎と植女を呼んだ。

瀬山の顔に、安堵の色があった。江戸に残っている留守居役の沢村のことで、藩主からの沙汰があったのかもしれない。

瀬山が座敷に腰を下ろすと、

「何かあったのか」

すぐに、泉十郎が訊いた。

「まァな」

「沢村のことで、何か沙汰があったのではないか」

「そうだ。今日、ご城代の矢崎さまから、おれに話があったのだ。ここ数日、殿は迷っておられたようだが、ご城代の説得もあって、やっと決意なさったようだ」

「それで、沢村はどうなる」

泉十郎が訊いた。

植女も瀬山に顔をむけて話を聞いている。

「馬場と同じように、切腹の沙汰があったようだ」

瀬山が矢崎から聞いた話によると、沢村を国許に呼び寄せ、自分の屋敷で腹を切らせるという。

「当然だな」

泉十郎は驚かなかった。中老の馬場に切腹の沙汰がくだったときに、沢村も同じことになるとみていたのだ。ところが、馬場は切腹の沙汰を無視したため、上意討ちということになったのである。

「沢村は、おとなしく国許に帰るかな」

植女が言った。

「帰るしかあるまい。江戸の藩邸から逃走しても、生きていく術《すべ》はないからな。沢村のことだ。国許にもどって、伊勢守さまに何とかお会いし、己に非が無いことを訴えるのではないかな」

「それは、無理だ。沢村が帰国すれば、すぐに閉門の処置がとられ、登城するのはむろんのこと、屋敷を出ることも許されないはずだ」

植女が語気を強くして言った。

「そうか。やっと、始末がついたわけだな」

泉十郎が言うと、

「ところで、楢崎屋はどうなるのだ」

植女が訊いた。

「楢崎屋を、どうするか、まだはっきりしないようだ。ただ、矢崎さまの話では、ちかいうちに楢崎屋との取引きは、やめるつもりらしい」

瀬山によると、楢崎屋のあるじは江戸の町人なので、石崎藩で勝手に捕らえて処罰することはできないという。

「しかし、それだけでは、不十分な気がするな」

泉十郎が納得できないような顔をした。

「そんなことはない。ただ、楢崎屋との取引きをやめるだけではないのだ。これまでの楢崎屋からの借金は帳消しにするらしい。楢崎屋にすれば、大きな痛手になるはずだ。……それに、楢崎屋が、わが藩との取引きに不正があって蔵元をやめさせられたという噂は、すぐに他藩にもひろまる。そうなれば、楢崎屋があらたに他藩の蔵元になることは、むずかしくなるはずだ」

「楢崎屋は、商人《あきんど》にとって一番大事な信用を失うということだな」

泉十郎が言った。

「そういうことだ」

「楢崎屋も相応の処罰を受けるということか」

泉十郎が納得したようにうなずいた。

そのとき、障子があいて、うめと下働きの女が、酒肴の膳を運んできた。

瀬山はすぐに銚子を手にし、

「これも、みんなふたりのお蔭だ」

と言って、泉十郎と植女の猪口に酒をついでくれた。

しばらく、三人で酒を注ぎ合って飲んでから、

「これで、始末がついたようだ。……植女、われらは明日にもここを発って、江戸にむかうか」

泉十郎が、植女に声をかけた。これ以上、泉十郎たちが石崎藩の領内にとどまる必要がなくなったのである。

「そうだな」

植女がうなずいた。

すると、瀬山が口許に笑みを浮かべ、

「もうひとつ、ふたりに知らせておくことがあるのだ」

と、身を乗り出すようにして言った。

「なんだ」

「実は、それがしも江戸にもどることになったのだ。いくつかの書状を持ってな。松島や矢代たちも、いっしょだ」

瀬山によると、書状のひとつは、矢崎が留守居役の沢村に宛てたもので、主命により、ただちに国許に帰るよう、記してあるという。また、矢崎が江戸家老の内藤に宛てた書状もあるそうだ。

「それで、瀬山どのが江戸にもどるために、ここを経つのは、いつだ」

泉十郎が訊いた。

「明後日」

「いっしょに行くか」

泉十郎は、また瀬山や松島たちといっしょに旅をするのも悪くないと思った。

植女に目をやると、ちいさくうなずいた。植女も、望んでいるようだ。

「そう願えれば、われらもありがたい」

瀬山が相好をくずして言った。

それから三人で酒を注ぎ合ってしばらく飲んだ後、

「ところで、田中たちに襲われたとき、手裏剣を打って、われらを救ってくれた者がいたようだが、そこもとたちの仲間か」

瀬山が、泉十郎と植女に目をやって訊いた。

「い、いや、そのような仲間はいない。……実は、われらには手裏剣の心得があってな、何度か遣ったのだ。そうだな、植女」

泉十郎が声をつまらせて言った。

「そう、われらには、手裏剣の心得もある」

植女は平然とした顔で言い、猪口の酒をゆっくりとかたむけた。

はみだし御庭番無頼旅

一〇〇字書評

切り取り線

購買動機（新聞、雑誌名を記入するか、あるいは○をつけてください）	
□（　　　　　　　　　　）の広告を見て	
□（　　　　　　　　　　）の書評を見て	
□ 知人のすすめで	□ タイトルに惹かれて
□ カバーが良かったから	□ 内容が面白そうだから
□ 好きな作家だから	□ 好きな分野の本だから

・最近、最も感銘を受けた作品名をお書き下さい

・あなたのお好きな作家名をお書き下さい

・その他、ご要望がありましたらお書き下さい

住所	〒				
氏名		職業		年齢	
Eメール	※携帯には配信できません		新刊情報等のメール配信を 希望する・しない		

この本の感想を、編集部までお寄せいただけたらありがたく存じます。今後の企画の参考にさせていただきます。Eメールでも結構です。

いただいた「一〇〇字書評」は、新聞・雑誌等に紹介させていただくことがあります。その場合はお礼として特製図書カードを差し上げます。

前ページの原稿用紙に書評をお書きの上、切り取り、左記までお送り下さい。宛先の住所は不要です。

なお、ご記入いただいたお名前、ご住所等は、書評紹介の事前了解、謝礼のお届けのためだけに利用し、そのほかの目的のために利用することはありません。

〒一〇一-八七〇一
祥伝社文庫編集長 坂口芳和
電話 〇三（三二六五）二〇八〇

祥伝社ホームページの「ブックレビュー」からも、書き込めます。
http://www.shodensha.co.jp/bookreview/

祥伝社文庫

はみだし御《お》庭《にわ》番《ばん》無《ぶ》頼《らい》旅《たび》

平成28年3月20日　初版第1刷発行

著　者　鳥《と》羽《ば》亮《りょう》

発行者　辻　浩明

発行所　祥伝社《しょうでんしゃ》

東京都千代田区神田神保町3-3

〒101-8701

電話　03（3265）2081（販売部）

電話　03（3265）2080（編集部）

電話　03（3265）3622（業務部）

http://www.shodensha.co.jp/

印刷所　萩原印刷

製本所　積信堂

カバーフォーマットデザイン　中原達治

 ISBN978-4-396-34192-3 C0193

祥伝社文庫の好評既刊

鳥羽 亮　冥府に候　首斬り雲十郎

藩の介錯人として「首斬り」浅右衛門に学ぶ鬼塚雲十郎。その居合の剣〝横霞〟が疾る！　迫力の剣豪小説、開幕。

鳥羽 亮　殺鬼に候　首斬り雲十郎②

秘剣を破る、二刀流の剛剣の刺客現わる！　雲十郎は居合と介錯を融合させた新たな秘剣の修得に挑んだ。

鳥羽 亮　死地に候　首斬り雲十郎③

「怨霊」と名乗る最強の刺客が襲来。居合剣〝横霞〟、介錯剣〝縦稲妻〟の融合の剣〝十文字斬り〟で屠る！

鳥羽 亮　鬼神になりて　首斬り雲十郎④

畠沢藩の重臣が斬殺された。雲十郎は幼い姉弟に剣術の指南を懇願され……父の敵討を妨げる刺客に立ち向かえ！

鳥羽 亮　阿修羅　首斬り雲十郎⑤

「おれを斬れば、おぬしも斬られるぞ」不吉な予言通り迫る鎖鎌の刺客。お家騒動に巻き込まれた雲十郎の運命は⁉

鳥羽 亮　さむらい　青雲の剣

極貧生活の母子三人、東軍流剣術研《とうぐんりゅうけんじゅつけん》鑽《さん》の日々の秋月信介《あきづきしんすけ》。待っていたのは父を死に追いやった藩の政争の再燃。

祥伝社文庫の好評既刊

鳥羽 亮　死恋《さむらい》の剣

浪人者に絡まれた武家娘を救った一刀流の待田恭四郎。対立する派の娘と知りながら、許されざる恋に……。

鳥羽 亮　修羅《さむらい》の剣

佞臣を斬る――そう集められた若き三人の侍。だが暗殺成功後、汚名を着せられ、命を狙われた。三人の運命は⁉

鳥羽 亮　真田幸村の遺言 上 奇謀

〈徳川を盗れ！〉戦国随一の智将が遺した豊臣家起死回生の策とは⁉ 豪剣・秘剣・忍術が入り乱れる興奮の時代小説！

鳥羽 亮　真田幸村の遺言 下 覇の刺客

江戸城〈夏の陣〉最後の天下分け目の戦――将軍の座を目前にした吉宗に立ちはだかるは御三家筆頭・尾張！

鳥羽 亮　必殺剣「二胴《ふたつどう》」

壮絶な太刀筋、必殺剣「二胴」。父を殺され、仲間も次々と屠られる中、小野寺左内はついに怨讐《おんしゅう》の敵と！

鳥羽 亮　覇剣 武蔵と柳生兵庫助

殺人剣《さつにんけん》と活人剣《かつにんけん》。時代に遅れて来た武蔵が、覇を唱えた柳生新陰流に挑む！新・剣豪小説！

祥伝社文庫の好評既刊

鳥羽　亮

闇の用心棒

齢のため一度は闇の稼業から足を洗った安田平兵衛《やすだへいべえ》。武者震いを酒で抑え、再び修羅へと向かった！

鳥羽　亮

地獄宿　闇の用心棒②

〝地獄宿〟と恐れられるめし屋。主は闇の殺しの差配人。ところが、地獄宿の男達が次々と殺される。狙いは⁉

鳥羽　亮

剣鬼無情　闇の用心棒③

骨までざっくりと断つ凄腕の刺客の殺しを依頼された安田平兵衛。恐るべき剣術家と宿世《すくせ》の剣を交える！

鳥羽　亮

剣狼《けんろう》　闇の用心棒④

闇の殺し人・片桐《かたぎり》右京《うきょう》を襲った秘剣霞落とし。破る術を見いだせず右京は窮地へ。見守る平兵衛にも危機迫る。

鳥羽　亮

巨魁《きょかい》　闇の用心棒⑤

岡っ引き、同心の襲来、謎の尾行、殺し人「地獄宿」の面々が斃《たお》されていく。殺るか殺られるか、究極の剣豪小説。

鳥羽　亮

鬼、群れる　闇の用心棒⑥

重江藩の御家騒動に巻き込まれ、攫われた娘を救うため、安田平兵衛、片桐右京、老若の〝殺し人〟が鬼となる！

祥伝社文庫　今月の新刊

安東能明
限界捜査
『撃てない警官』の著者が赤羽中央署の面々の奮闘を描く。

石持浅海
わたしたちが少女と呼ばれていた頃
青春の謎を解く名探偵は最強の女子高生。碓氷優佳の原点。

西村京太郎
伊良湖《いらご》岬　プラスワンの犯罪
姿なきスナイパーの標的は？　南紀白浜へ、十津川追跡行！

南　英男
刑事稼業　強行逮捕
食らいついたら離さない、刑事たちの飽くなき執念！

草凪　優
元彼女《モトカノ》…
ふいに甦った熱烈な恋。あの日の彼女が今の僕を翻弄する。

森村誠一
星の陣（上・下）
老いた元陸軍兵士たちが、凶悪な暴力団に宣戦布告！

鳥羽　亮
はみだし御庭番《おにわばん》無頼旅
曲者三人衆、見参。遠国御用道中に迫り来る刺客を斬る！

いずみ光
桜流し　ぶらり笙太郎《しょうたろう》江戸綴《つづ》り
名君が堕ちた罠。権力者と商人の非道に正義の剣を振るえ。

佐伯泰英
完本　密命　巻之十一　残夢　熊野秘法剣
記憶を失った娘。その身柄を、惣三郎らが引き受ける。

井川香四郎　小杉健治　佐々木裕一
競作時代アンソロジー
欣喜《きんき》の風
時代小説の名手が一堂に。濃厚な人間ドラマを描く短編集。

鳥羽　亮　野口　卓　藤井邦夫
競作時代アンソロジー
怒髪《どはつ》の雷
ときに人を救う力となる、滾る〝怒り〟を三人の名手が活写。